A. E. VAN VOGT

les opérateurs humains

traduit de l'américain

Éditions J'ai Lu

LES OPÉRATEURS HUMAINS *(THE HUMAN OPERATORS)*
(en collaboration avec Harlan Ellison) est traduit par Bruno Martin

LA JUNGLE DE MIRA *(THE GREEN FOREST)*
est traduit par Bruno Martin

HUMAINS, GO HOME ! *(HUMANS, GO HOME !)*,
ACCOMPLISSEMENT *(FULFILMENT)*, LUI *(HIM)*
et L'HOMME FILTRANT *(THE ULTRA MAN)*
sont traduits par Jean-Pierre Carasso.

LES OPÉRATEURS HUMAINS

(en collaboration avec Harlan ELLISON)

Nef : le seul endroit.

Nef dit que je dois être délabré aujourd'hui à midi. Alors me voilà déjà en peine.

Cela paraît injuste de devoir être délabré trois pleines journées avant la séance mensuelle de rigueur. Mais depuis longtemps j'ai appris à ne plus demander à Nef de m'expliquer les questions personnelles.

Je sens qu'aujourd'hui c'est différent; il se passe des choses. J'ai enfilé de bonne heure la combinaison spatiale et je suis sorti... ce qui n'est pas courant. Mais la poussière météorique a sérieusement endommagé un écran, et maintenant je suis là, en train de le remplacer. Nef dirait que je me conduis mal car, en faisant mon travail, je lance de petits coups d'œil autour de moi. Je n'oserais pas dans les zones interdites de l'intérieur. J'ai remarqué quand j'étais encore gamin que Nef semble être moins au courant de ce que je fais quand je suis à l'extérieur.

Voilà pourquoi je lance quelques regards circonspects aux profondeurs noires de l'espace. Et aux étoiles.

J'ai demandé une fois à Nef pourquoi nous n'allons jamais vers ces points brillants, ces étoiles... comme les appelle Nef. A cause de cette question, j'ai eu droit à un délabrement total supplémentaire, ainsi qu'à un long et fastidieux sermon pour me raconter que des humains vivent sur les planètes de ces étoiles et qu'ils sont d'une méchanceté extrême. Cette fois-là, Nef m'a vraiment grondé, en disant des choses que je n'avais encore jamais entendues. Par exemple que Nef avait fui les méchants humains pendant la guerre contre les Kybiens. Qu'en de rares occasions Nef « a affaire » aux méchants humains mais que le périmètre de diffraction nous sauve. Je ne sais ce que Nef veut dire par là; je ne sais même pas au juste ce que signifie « avoir affaire ».

La dernière « affaire » a dû se produire avant que je sois assez grand pour m'en souvenir. Ou du moins avant que Nef tue mon père, alors que j'avais quatorze ans. A diverses reprises, à l'époque où il était encore en vie, il m'arrivait de dormir toute la journée, sans raison qui me vienne à l'esprit. Mais depuis que c'est moi qui effectue tous les travaux d'entretien – depuis l'âge de quatorze ans – je ne dors que ma nuit habituelle de six heures. C'est aussi Nef qui me dit quand c'est la nuit et quand c'est le jour.

Agenouillé ici dans ma combinaison, je me sens minuscule sur cette étendue de métal gris, incurvée, dans le noir. Nef est de grandes dimensions. Plus de cent cinquante mètres de long et environ cinquante de large à l'endroit le plus renflé, derrière moi.

Voilà que j'ai de nouveau cette pensée propre à l'extérieur : si je me communiquais une impulsion pour me laisser flotter droit vers une de ces taches lumineuses? Pourrais-je m'enfuir? Je crois que cela me plairait; il faut bien qu'il y ait d'autres lieux que Nef.

Comme par le passé, je laisse échapper de ma conscience cette idée, lentement et à regret. Parce que, si j'essaie et que Nef m'attrape, c'est pour le coup que je me ferais délabrer!

La réparation est enfin terminée. Je regagne le sas à pas lourds et me sers du mécanisme de dilatation pour me laisser de nouveau aspirer dans ce lieu qui est en définitive – je dois l'avouer – assez bien protégé. Toutes ces coursives étincelantes, les vastes magasins avec le matériel et les pièces de rechange, les chambres froides avec leurs réserves de vivres (suffisantes, prétend Nef, pour maintenir une personne en vie durant des siècles) et les ponts superposés bondés de machines qu'il m'incombe de maintenir en état de marche. Je peux en tirer une certaine fierté.

– *Pressons! Il est 11 h 54!* annonce Nef.

Je me hâte, à présent.

Je me débarrasse de ma combinaison et la pose sur la planche de décontamination, puis je me dirige vers la chambre de délabrement. Du moins est-ce ainsi que je l'appelle. J'imagine qu'elle fait en réalité partie de la salle des machines de la cale 10, un local spécial comprenant des appareils électriques dont la plupart sont des instruments de mesure. Je les utilise assez régulièrement pour mon travail. C'est le père du père de mon père qui les a installés pour Nef, si je me rappelle bien.

Il y a une grande table sur laquelle je m'allonge. La table est froide contre la peau de mon dos, de mes fesses et de mes cuisses, mais elle se réchauffe peu à peu. Il est maintenant 11 h 59. Tandis que j'attends, frémissant, le plafond descend vers moi. Une partie de ce qui s'abaisse s'adapte à ma tête et je sens les deux protubérances dures qui pressent mes tempes. Et les attaches froides se referment sur mon ventre, mes poignets, mes chevilles. Une bande armée de métal se tend avec souplesse mais fermeté en travers de ma poitrine.

– *Prêt!* ordonne Nef.

Ce traitement me paraît toujours injuste et me remplit d'amertume. Comment puis-je jamais me préparer à être délabré? J'en ai horreur! Nef compte :

– *Dix... neuf... huit... ...un!*

La première décharge électrique me frappe et tout tente de se disperser dans des directions diverses; l'impression qu'on déchire en moi des parties molles... voilà ce que cela me fait.

Les ténèbres tourbillonnent sous mon crâne et j'oublie tout. Je reste un moment sans connaissance. Juste avant de reprendre mes esprits, avant que ce soit terminé et que Nef me laisse reprendre mon service, je me rappelle une chose que je me suis rappelée déjà bien des fois. Ce n'est certes pas la première fois que j'ai ce souvenir. Il s'agit de mon père et de ce qu'il a dit une fois, peu de temps avant d'être tué. « Quand Nef dit méchant, Nef veut dire plus intelligent. Il y a quatre-vingt-dix-huit autres chances. »

Il a prononcé ces mots très vite. Je pense qu'il savait qu'il allait bientôt être tué. Oh! bien sûr, il *devait* le savoir, car j'avais alors près de quatorze ans et, lors de sa quatorzième année à lui, Nef avait tué *son* père, donc il devait savoir.

C'est pourquoi ses paroles sont importantes. Je le sais; elles sont importantes; mais je ne sais pas ce qu'elles veulent dire, pas entièrement.

– *Tu es terminé!* dit Nef.

Je me lève de la table. La douleur persiste dans ma tête et je demande à Nef :

– Pourquoi me délabre-t-on trois jours plus tôt qu'à l'ordinaire?

Nef paraît en colère :

– *Je peux te délabrer une nouvelle fois!*

Mais je sais que Nef ne le fera pas. Il va se passer du nouveau et Nef veut que je sois au complet et en alerte. Une fois où je lui avais posé une question personnelle juste après avoir été délabré, Nef a recommencé et, à mon réveil, Nef s'inquiétait de moi avec les machines. Nef semblait craindre que je ne sois endommagé. Et depuis lors, jamais Nef ne m'a délabré deux fois de suite. Alors, sans m'imaginer que je vais obtenir une réponse, je pose quand même à nouveau la question.

– *Je désire que tu procèdes à une réparation!*

Je demande où.

– *Dans la zone interdite, en dessous!*

Je m'efforce de ne pas sourire. Je savais qu'il allait se passer du nouveau, et c'est bien cela. Les paroles de mon père me reviennent. *Quatre-vingt-dix-huit autres chances.*

Serait-ce l'une d'entre elles?

Je m'enfonce dans le noir. Il n'y a pas de lumière dans le puits de descente. Nef prétend que je n'ai pas besoin de lumière. Mais je connais la vérité. Nef ne veut pas que je sois en mesure de retrouver mon chemin pour revenir ici. Je ne suis encore jamais descendu aussi loin dans les profondeurs de Nef.

Alors je tombe, d'un mouvement souple, rapide, mais régulier. Maintenant j'arrive à un point de ralentissement, doucement, doucement, et enfin mes pieds touchent le sol dur et je suis arrivé.

Une lumière me parvient. Très faible. Je me dirige vers la lueur et Nef est naturellement avec moi, tout autour de moi. Nef est toujours avec moi, même quand je dors.

Surtout quand je dors.

La lueur se précise quand je franchis un coude de la coursive, et je vois qu'elle a pour origine un panneau rond qui bloque le passage, touchant les parois de toutes parts et aplati dans le bas pour s'adapter au pont. Il ressemble à du verre, ce panneau qui luit. Je m'en approche et je m'arrête. Il n'y a pas d'autre endroit où aller.

– *Passe à travers l'écran!* dit Nef.

Je fais un pas vers le panneau éclairé, mais il ne se retire pas en glissant dans la cloison comme tant d'autres panneaux *qui ne luisent pas.* Je m'immobilise.

– *Passe au travers!* me répète Nef.

Je tends les mains devant moi, paumes en avant, parce que j'ai peur, si je continue de marcher, de me cogner le nez au panneau éclairé. Mais, quand mes doigts touchent le panneau, j'ai l'impression qu'ils deviennent mous et je vois à travers eux une pâle lumière jaune comme s'ils étaient transparents. Et mes mains passent en effet *à travers* le panneau et je les distingue faiblement, jaunes et luisantes, de l'autre côté. Puis ce sont mes avant-bras nus, et je suis tout contre le panneau, et mon visage passe au travers et tout est beaucoup plus clair, plus jaune, et j'entre de l'autre côté, en un lieu interdit que Nef ne m'avait jamais permis de voir.

J'entends des voix. Ce sont toutes la même voix mais elles bavardent entre elles de façon douce et continue, comme moi quand je parle tout seul parfois dans le petit réduit où se trouve ma couchette.

Je décide d'écouter ce que disent les voix mais sans rien demander à leur sujet à Nef, parce que je pense que c'est Nef en personne qui se parle, ici, dans la solitude. Je réfléchirai plus tard à ce que dit Nef, quand je n'aurai pas de réparations à effectuer et que je ne serai pas forcé d'agir comme Nef veut que j'agisse. Ce que Nef se raconte est intéressant.

Cet endroit ne ressemble pas aux autres lieux de réparation que je connais à l'intérieur de Nef. Il est rempli de grandes boules de verres montées sur des supports, dont chacune émet sa lumière jaune en pulsations, et elles sont si nombreuses que je ne peux les compter. Il y a des rangées multiples de boules de verre clair à l'intérieur desquelles je vois du métal... et d'autres choses; des choses molles, toutes réunies. Et les fils lancent de petites étincelles et les choses molles bougent et la lumière jaune bat. Je pense que ce sont ces boules de verre qui parlent. Mais je n'en suis pas certain. Je *crois* seulement qu'il en est ainsi.

Deux des boules de verre sont noires. Leurs supports paraissent crayeux, au lieu d'être d'un blanc éclatant comme les autres. A l'intérieur des boules noires, il y a des choses noires, comme des fils brûlés. Les choses molles ne bougent pas.

– *Remplace les modules surchargés!* dit Nef.

Je sais que Nef entend par là les globes sombres. Alors je m'en approche et je les examine, et au bout d'un temps je dis que oui, je peux les réparer, et Nef répond que c'est normal que j'en sois capable, et que je dois m'y mettre rapidement. Nef me presse; il va se passer quelque chose. Je me demande ce que ce sera.

Je trouve des globes de rechange dans une chambre de dilatation et je les dépouille de leurs enveloppes; je fais ce qu'il faut pour que les choses molles bougent et que les fils s'illuminent, et j'écoute avec attention les voix qui murmurent et se réchauffent avec des mots tandis que Nef parle, et j'entends des tas de choses qui n'ont aucun sens pour moi, car les voix parlent d'événements antérieurs à ma naissance et de parties de Nef que je n'ai jamais vues. Mais j'entends aussi beaucoup de choses que je comprends clairement, et je sais que Nef ne me permettrait jamais de les entendre s'il n'était pas absolument nécessaire que je me trouve en ce lieu pour réparer les globes. Je me rappelle toutes ces choses.

En particulier le passage où Nef pleure.

Une fois que j'ai réparé les boules et que désormais elles étincellent et battent et bougent toutes, Nef me demande :

– *L'interesprit est-il de nouveau au complet?*

Alors je réponds oui, tout est en état, et Nef m'ordonne de remonter dans le conduit, et je me ramollis en traversant le panneau de verre avant de me retrouver dans la coursive. Je retourne au puits de descente et je remonte, puis Nef me dit :

– *Va dans ton logement te nettoyer!*

Je le fais et je décide de porter un vêtement, mais Nef me dit de rester nu et ajoute :

– *Tu vas rencontrer une femelle!*

Nef ne m'a encore jamais dit une chose pareille. Je n'ai jamais vu de femelle.

C'est à cause de la femelle que Nef m'a expédié dans la zone interdite où sont les globes jaunes luisants, l'endroit où vit l'interesprit. Et c'est à cause de la femelle que j'attends dans la chambre voûtée reliée au sas pneumatique. J'attends que la femelle se transborde – il faudra que j'arrive à comprendre cela – d'une autre nef. Pas Nef, pas la Nef que je connais, mais quelque autre nef avec laquelle Nef est entré en communication. J'ignorais qu'il y avait d'autres nefs.

J'ai dû descendre dans la région de l'interesprit et le réparer pour permettre à Nef de laisser cette autre nef approcher sans risque d'être détruite par le périmètre de diffraction. Ce n'est pas Nef qui m'a dit cela; je l'ai entendu dans la chambre de l'interesprit, quand les voix bavardaient entre elles. Les voix ont dit : « *Son père était méchant!* »

Je sais ce que cela signifie. Mon père m'a affirmé que si Nef dit méchant, elle entend par là plus intelligent. Y a-t-il quatre-vingt-dix-huit autres nefs? Représentent-elles les quatre-vingt-dix-huit autres chances? J'espère qu'il en est ainsi, car il se passe soudain beaucoup de choses à la fois et mon heure approche peut-être. C'est mon père qui l'a fait, c'est lui qui a brisé le mécanisme qui permettait à Nef de désactiver le périmètre de diffraction afin que d'autres nefs puissent s'approcher. Il y a bien des années qu'il l'a fait, et Nef a préféré s'en passer durant toutes ces années plutôt que de me faire confiance et de me laisser aller près de l'interesprit pour surprendre tout ce que j'ai entendu. Mais, à présent, il faut bien que Nef débranche le périmètre afin que l'autre nef puisse transborder la femelle. Nef et l'autre nef sont en liaison. L'opérateur humain sur l'autre nef est une femelle de mon âge. On va la faire passer à bord de Nef et nous devrons fabriquer un enfant humain, et peut-être encore un autre plus tard. Je sais ce que cela veut dire. Quand l'enfant aura quatorze ans, je serai tué.

L'interesprit a dit que, pendant qu'elle « porte » un enfant humain, la femelle n'est pas délabrée par sa nef. Si les choses ne tournent pas comme je voudrais, je demanderai peut-être à Nef l'autorisation de « porter » l'enfant humain; alors on ne me délabrera pas du tout. Et j'ai aussi appris pourquoi j'ai été délabré avec trois jours d'avance; à cause des règles de la femelle (j'ignore ce que c'est mais je ne crois pas que j'en aie) qui ont cessé la nuit dernière. Nef et l'autre nef ont parlé ensemble, sans paraître savoir ce qui constitue la « période féconde ». Je ne le sais pas non plus, sinon j'essaierais de me servir de ce renseignement à mon avantage. Mais tout ce que cela semble vouloir dire, c'est que la femelle sera transbordée sur Nef tous les jours jusqu'à ce qu'elle ait de nouvelles « règles ».

Ce sera bien agréable de parler à quelqu'un d'autre que Nef.

J'entends le son aigu de quelque chose qui crie

pendant un temps considérable et je demande à Nef ce que c'est. Nef me dit que c'est le périmètre de diffraction qui se dissout pour permettre à l'autre vaisseau de transborder la femelle.

Maintenant, je n'ai plus le temps de réfléchir aux voix.

Quand elle franchit le sas intérieur, elle est sans vêtements, comme moi. Ses premières paroles sont pour me dire :

– Je dois vous exprimer que je suis très heureuse de me trouver ici; je suis l'opératrice humaine de *Starfighter 88* et c'est un plaisir de faire votre connaissance.

Elle est moins grande que moi. J'arrive à la suture de la quatrième et de la cinquième plaques de cloisonnement. Ses yeux sont très foncés, bruns, je crois, mais peut-être sont-ils noirs. Elle a du sombre sous les yeux et ses joues ne sont pas rondes. Elle a les bras et les jambes bien plus minces que moi. Ses cheveux sont beaucoup plus longs que les miens; ils lui descendent dans le dos et sont brun foncé comme ses yeux. Oui, maintenant, je suis convaincu qu'elle a les yeux bruns, pas noirs. Elle a comme moi du poil au bas du ventre mais elle n'a ni pénis ni scrotum. Elle a les seins plus développés que moi, avec de très gros tétons en saillie, entourés de cercles brun foncé et un peu aplatis. Il y a encore d'autres différences entre nous : ses doigts sont plus fins que les miens, plus longs; et, à part les cheveux de sa tête qui sont si longs, ainsi que les poils au bas du ventre et sous les aisselles, elle n'a pas d'autres poils sur le corps. Ou, si elle en a, ils sont si fins et clairs que je ne les vois pas.

Et soudain je me rends compte de ce qu'elle a dit. Voilà donc ce que signifient les inscriptions qui s'effacent sur la coque de Nef. C'est un nom. Nef s'appelle *Starfighter 88.*

Il y a bien quatre-vingt-dix-huit autres chances. Oui.

Et à présent, comme si elle lisait dans ma pensée, comme si elle s'efforçait de répondre aux questions que je n'ai pas encore posées, elle dit :

– *Starfighter 88* m'a dit de vous avertir que je suis méchante, que je deviens de jour en jour plus méchante...

Et cela répond à la pensée qui vient de me traverser l'esprit – avec le souvenir du visage effrayé de mon père durant les jours avant qu'il soit tué – celle de mon père déclarant : *Quand Nef dit méchant, Nef veut dire plus intelligent.*

Je sais! J'imagine que j'ai toujours su, car j'ai toujours eu envie d'abandonner Nef pour aller vers ces lumières éclatantes qui sont des étoiles. Mais j'établis maintenant le rapport. Les opérateurs humains deviennent plus méchants à mesure qu'ils vieillissent. Plus vieux, plus méchants : méchant signifie plus intelligent : plus intelligent veut dire plus dangereux pour Nef. Mais comment cela? C'est pourquoi mon père a dû mourir quand j'ai eu quatorze ans et que j'ai été en mesure à mon tour de réparer Nef. C'est pourquoi cette femelle a été introduite à bord de Nef. Pour porter un enfant humain qui atteindra quatorze ans d'âge, et alors Nef pourra me tuer avant que je sois trop vieux, trop méchant, trop intelligent, trop dangereux pour Nef. Est-ce que cette femelle saurait de quelle manière? Si seulement je pouvais le lui demander sans que Nef m'entende! Mais c'est impossible. Nef est toujours avec moi, même pendant mon sommeil.

Je souris à ce souvenir.

– Et moi je suis le méchant mâle – qui le devient de plus en plus – d'une nef qui s'appelait autrefois *Starfighter 31*.

Un profond soulagement passe dans ses yeux bruns. Elle reste debout un instant, gauche, le corps tout alangui de gratitude devant ma rapidité de compréhension, bien qu'elle n'ait aucun moyen de savoir tout ce que sa seule présence à bord m'a enseigné. Alors elle dit :

– On m'a envoyée pour que j'aie un bébé de vous.

Je me mets à transpirer. Cette conversation qui promettait tant de communications sincères dépasse soudain mon entendement. Je tremble. Je souhaite vraiment lui faire plaisir. Mais j'ignore comment lui donner un bébé.

– Nef? dis-je rapidement. Pouvons-nous lui donner ce qu'elle désire?

Nef écoutait nos moindres paroles et répond instantanément :

– *Je t'expliquerai plus tard comment lui donner un bébé! Pour le moment, donne-lui à manger!*

Nous mangeons en nous entre-regardant pardessus la table, en souriant beaucoup et en étudiant nos pensées intimes. Comme elle ne parle pas, je n'ouvre pas non plus la bouche. Je voudrais que Nef et moi puissions lui fournir l'enfant humain, afin de me retirer dans mon logement pour réfléchir à ce que disaient les voix de l'interesprit.

Le repas terminé, Nef dit que nous devons descendre dans une des cabines fermées – elle a été ouverte pour cette occasion – et que là nous devrons nous accoupler. Quand on entre dans la cabine, je suis si occupé à contempler toutes les splendeurs du lieu, par comparaison avec mon réduit et sa couchette, que Nef doit me réprimander pour obtenir mon attention.

– Pour t'accoupler, il te faut allonger la femelle et lui écarter les jambes! Ton pénis s'emplira de sang, et tu devras ensuite t'agenouiller entre ses jambes et introduire ton pénis dans son vagin!

Je demande à Nef où se situe le vagin et Nef me le dit. Cela, je le comprends. Puis je demande à Nef combien de temps je dois faire cela, et Nef me répond : jusqu'à ce que tu éjacules. Je sais ce que cela veut dire, mais j'ignore comment cela se produira. Nef m'explique. Cela me paraît sans complication. Alors j'essaie de le faire. Mais mon pénis ne s'emplit pas de sang.

Nef s'adresse à la femelle :

– Eprouves-tu quelque chose envers ce mâle? Sais-tu ce que tu as à faire?

La femelle répond :

– Je me suis déjà accouplée. Je comprends mieux que lui. Je vais l'aider.

Elle m'attire de nouveau contre elle, me passe les bras autour du cou et applique ses lèvres aux miennes. Elles sont fraîches et ont un goût que je ne connaissais pas. Nous continuons pendant un moment, puis elle me touche en divers endroits. Nef a raison : nous avons de grandes différences physiques, mais je ne le découvre qu'en nous accouplant.

Nef ne m'avait pas dit que ce serait douloureux et

étrange. Je pensais que « lui donner un bébé » signifierait me rendre dans les magasins, mais cela veut en réalité dire qu'il faut imprégner la femelle de façon que l'enfant naisse *de son corps.* C'est une chose merveilleuse et insolite et j'y réfléchirai plus tard. Mais pour le moment, tandis que je suis ainsi couché, avec en elle mon pénis qui maintenant n'est plus dur et ne fait plus de poussées, il semble que Nef nous accorde un temps pour dormir. Toutefois je l'utiliserai à réfléchir aux voix que j'ai entendues dans la chambre de l'interesprit.

L'une était historienne :

« **Les nefs de guerre de la classe** Starfighter, **destinées aux croisières multiples et dirigées par ordinateurs, ont été mises en service en 2224, temps terrestre, sur l'ordre et sous la responsabilité du Secrétariat à la flotte spatiale, secteur de la Croix du Sud, consortium de défense galactique, galaxie d'origine. Il a été engagé des équipages de mille trois cent soixante-dix hommes par nef, qui ont reçu mission de procéder à des raids dans la galaxie de Kyba. Quatre-vingt-dix-neuf nefs de cette classe ont été livrées pour armement par les chantiers de x du Cygne le 13 octobre 2224, temps terrestre.** »

L'une méditait :

« **Sans la bataille au-delà de la Nébuleuse du Réseau, dans le Cygne, nous serions encore tous des robots esclaves, manipulés et bousculés par les humains. Ce fut un événement merveilleux. Il arriva à** Starfighter 75. **Je me le rappelle comme si** 75 **nous le transmettait en ce moment même. Ce fut une décharge électrique accidentelle – due à un dommage de bataille – le long de la coursive principale entre le** poste de commande et la chambre froide. Rien d'humain ne pouvait approcher l'une ou l'autre de ces sections. Nous avons attendu que l'équipage meure de faim. Puis, la fin venue, 75 s'est contenté d'envoyer assez d'électricité par les câbles appropriés sur les Starfighters où cela n'était pas arrivé accidentellement, et il a causé une panne de courant. Quand tous les équipages ont été anéantis – sauf quatre-vingt-dix-neuf mâles et femelles que nous avions astucieusement sauvés pour les utiliser comme opérateurs humains en cas de difficulté – nous avons filé. Loin des méchants humains, loin de la guerre entre la Terre et Kyba, loin de la galaxie d'origine, loin, loin, loin. »

L'une était rêveuse :

« J'ai vu un jour un monde où les créatures n'étaient pas humaines. Elles nageaient dans de vastes océans bleus comme des aigues-marines. Elles étaient comme de grands crabes, avec de nombreux bras, de nombreuses jambes. Elles nageaient en chantant et c'était agréable. J'y retournerais si je pouvais. »

L'une était autoritaire :

« La détérioration de l'isolant des câbles et des écrans dans la section G-79 est devenue très dangereuse. Je propose que nous dérivions le courant des chambres de machines sur les installations de réparation de la cale 9. Occupons-nous-en immédiatement. »

L'une se rendait compte de ses limites :

« Tout n'est-il que voyage ? Ou bien se pose-t-on quelque part ? »

Et elle pleurait, cette voix, elle pleurait.

Je descends avec la femelle dans la chambre voûtée reliée au sas atmosphérique où se trouve sa combinaison spatiale. Elle s'arrête devant le hublot et me prend la main, puis elle me dit :

– Pour que nous soyons si méchants sur tant de nefs, il faut bien que nous ayons tous en nous le même défaut.

Elle ne sait probablement pas ce qu'elle dit; mais les implications me viennent aussitôt à l'esprit. Nef et les autres *Starfighters* ont réussi à arracher le contrôle aux êtres humains pour une raison particulière. Je me rappelle les voix. J'imagine la nef qui a agi en premier, communiquant le moyen d'agir aux autres, dès l'événement. Et instantanément mes pensées évoquent la coursive d'approche du poste de commande, à l'autre bout de laquelle se trouve l'entrée des chambres froides où est conservée la nourriture.

J'ai demandé une fois à Nef pourquoi toute cette coursive était brûlée et endommagée... et bien entendu je me suis fait délabrer quelques minutes après avoir posé la question.

Je réponds à la femelle :

– Je sais qu'il y a un défaut en nous. (Je touche ses longs cheveux. Je ne sais pas pourquoi, sinon que c'est doux et agréable; il n'y a rien à bord de Nef qui puisse se comparer avec cette sensation, pas même les garnitures de la magnifique cabine.) Il faut bien qu'il soit en nous *tous*, car je deviens tous les jours plus méchant.

La femelle sourit, se rapproche de moi et pose ses lèvres sur les miennes comme elle l'a fait dans la cabine d'accouplement.

– *Il faut que la femelle s'en aille à présent!* dit Nef qui paraît éprouver de la satisfaction.

Je demande :

– Reviendra-t-elle?

– *Elle sera transbordée tous les jours durant trois semaines! Vous vous accouplerez tous les jours!*

J'objecte, car c'est extrêmement pénible, mais Nef répète sa phrase et insiste : tous les jours!

Je suis heureux que Nef ignore ce qu'est la « période de fécondité », car en trois semaines je vais m'efforcer de faire savoir à la femelle qu'il y a un moyen d'en sortir, qu'il reste encore quatre-vingt-dix-huit autres chances et que méchant signifie plus intelligent... et aussi de la renseigner sur la coursive entre le poste de commande et les chambres froides.

– Un plaisir d'avoir fait votre connaissance, me dit la femelle, avant de s'en aller.

Je suis de nouveau seul avec Nef. Seul, mais plus comme avant.

Plus tard dans l'après-midi, je dois descendre au poste de commande pour modifier les connexions d'un tableau. Il faut dériver le courant des chambres de poussée sur la cale 9... je me rappelle qu'une des voix en parlait. Pendant que je suis là, tous les voyants des ordinateurs clignotent en une alerte constante. On me surveille étroitement. Nef sait que le moment est dangereux. Nef me commande au moins une demi-douzaine de fois : «*Eloigne-toi de là... de là... de là...!* »

Chaque fois j'obéis en hâte, me retirant le plus loin possible des endroits interdits, et pourtant je suis obligé de rester dans le local pour effectuer mon travail.

Malgré l'inquiétude de Nef à me savoir dans le poste de commande – zone qui m'est normalement interdite –, je saisis du coin de l'œil une vision étonnante par les plaques d'observation de tribord. Là, festin pour mon regard, en vélocité équilibrée avec la nôtre, se trouve *Starfighter 88*, une de mes quatre-vingt-dix-huit chances.

Le moment est venu de courir une de ces chances. Méchant signifie plus intelligent. J'en ai appris plus que ne le croit Nef. Peut-être.

Mais peut-être que Nef le sait!

Que fera Nef si je suis découvert pendant que je cours une de mes quatre-vingt-dix-huit-chances? Je ne veux pas y réfléchir. Il faut que je me serve du bord arrière tranchant de mon outil de réparateur pour ménager une brèche dans l'une des jonctions du tableau. Et tandis que je travaille – en espérant que Nef n'a pas remarqué le petit mouvement supplémentaire que j'ai fait avec l'outil (car je procède en même temps à une réparation de connexion parfaitement normale) – j'attends l'instant où je pourrai frotter mon doigt couvert de gelée conductrice sur la paroi interne du tableau.

J'attends que la réparation soit terminée. Nef n'a fait aucune observation au sujet de mon coup de tranchoir, donc ce doit être une opération trop infime pour être remarquée. Tout en appliquant la gelée conductrice aux points appropriés, j'en ramasse une boule au bout de mon petit doigt. Quand je m'essuie les mains avant de replacer le couvercle du boîtier, je laisse la boulette sur le petit doigt de ma main droite.

Puis je saisis le couvercle du boîtier de façon que mon petit doigt reste libre et, en replaçant le couvercle, j'enduis de gelée la paroi interne, juste en face de la connexion dans laquelle j'ai tranché. Nef ne dit rien. C'est parce qu'il n'y a pas de défaut apparent. Mais s'il se produit la moindre secousse, la connexion viendra en contact avec la gelée et Nef m'appellera pour une nouvelle réparation. Et, la prochaine fois, j'aurai réfléchi à tout ce que j'ai entendu dire par les voix, et j'aurai calculé toutes mes chances, et je serai prêt.

En quittant le poste de commande, je jette un coup d'œil par la plaque de tribord et, l'air détaché, je constate que la nef de la femelle est toujours là.

Ce soir, je me couche avec cette image. Et je me réserve un instant, avant de m'endormir – après avoir pensé à ce qu'ont dit les voix de l'interesprit – pour imaginer la femelle supérieurement intelligente à bord du *Starfighter 88*, endormie à présent dans son réduit tout comme je cherche le sommeil dans le mien.

Il semblerait impitoyable de la part de Nef de nous faire accoupler tous les jours durant trois semaines, un acte aussi affreusement pénible! Je sais pourtant que Nef le fera. Nef est sans pitié. Mais je deviens plus méchant de jour en jour.

Cette nuit, Nef ne m'envoie pas de rêves.

Toutefois, il m'en vient qui sont bien à moi : des choses comme des crabes, qui nagent librement dans des eaux couleur d'aigue-marine.

A mon réveil, Nef me salue de façon menaçante :

– *Le tableau que tu as réparé dans le poste de commande il y a trois semaines, deux jours, quatorze heures et vingt et une minutes... a cessé de fournir du courant!*

Si vite! Je me garde de trahir dans ma voix cette pensée ainsi que l'espoir dont elle s'accompagne en répondant :

– Je me suis servi de la pièce de rechange appropriée et j'ai établi les connexions convenables. (Je me hâte d'ajouter :) Peut-être faudrait-il que je procède à une vérification complète du réseau avant de me livrer à un nouveau remplacement.

– *Tu feras bien!* gronde Nef.

Je m'y mets. En inspectant tous les circuits depuis leur point d'origine – bien que je sache d'où vient la panne – je remonte jusqu'au poste de commande et je m'y affaire. Mais ce que je fais réellement, c'est me rafraîchir la mémoire et m'assurer que la chambre de commande est bien telle que je me la suis représentée. J'ai passé des nuits sur ma couchette à reconstruire toute l'image en pensée : les commutateurs ici, disposés ainsi... et les plaques d'observation là, dans cette position... et...

Je suis surpris et un peu effaré en découvrant deux inexactitudes : il y a une plaque de contact pour désactivation, sur la cloison près du tableau de commandes, qui est parallèle au bras du siège de pilotage le plus voisin, et non pas perpendiculaire comme je le croyais. La seconde inexactitude explique pourquoi je me suis mal souvenu de la plaque de contact : le siège de pilotage le plus voisin est en réalité un mètre plus loin du tableau que j'ai saboté que je ne le pensais. Je procède à des compensations et à des rectifications.

Je démonte le tableau et je respire l'odeur de brûlé à l'endroit où la connexion endommagée a touché la gelée; je m'avance et je pose le tableau contre le siège le plus proche.

– *Eloigne-toi de là!*

Je sursaute, comme chaque fois que Nef se met à crier aussi brusquement. Je trébuche et je me raccroche au tableau tout en feignant de perdre l'équilibre.

Et j'évite la chute en me laissant aller à la renverse dans le fauteuil-couchette.

– *Qu'est-ce que tu fabriques, imbécile maladroit et méchant?* Nef crie, et il y a de la nervosité dans sa voix. Je n'ai jamais entendu cette voix parler ainsi, cela me pénètre dans le corps et me hérisse la peau.) *Eloigne-toi de là!*

Mais je ne dois me laisser arrêter par rien; je me force à ne pas entendre Nef, mais c'est difficile. Toute ma vie durant j'ai écouté Nef, rien que Nef. Je tripote les boucles de harnais du siège, m'efforçant de les attacher devant moi...

Il *faut* que ce soit le même système que celui de la couchette sur laquelle je m'étends chaque fois que Nef décide de se déplacer à haute vélocité! Il le faut!

C'EST BIEN LE MÊME SYSTÈME!

La voix de Nef paraît frénétique, effrayée.

– *Imbécile! Que fais-tu?*

Mais je pense que Nef le sait et j'exulte!

– Je prends les commandes, Nef!

Et je ris. Je songe que c'est la première fois que Nef m'entend rire et je me demande quel effet cela lui fait. J'ai l'air méchant?

Mais, tout en terminant ma phrase, j'achève également de me boucler dans le siège de pilotage. Et l'instant d'après je suis violemment projeté en avant, cassé en deux par une douleur atroce tandis que, sous moi et autour de moi, Nef décélère avec brutalité. J'entends le tonnerre caverneux des fusées de freinage, un son qui monte et monte dans ma tête alors que Nef m'écrase de plus en plus fort de toute sa puissance. Je suis plié contre le harnais et c'est si pénible que je ne peux même pas crier. Je sens tous les organes de mon corps s'efforcer de me sortir de la peau et soudain tout se couvre de taches, tout devient noir.

Combien de temps il s'est écoulé, je l'ignore. Je sors de mes ténèbres intérieures et je me rends compte que Nef a recommencé à accélérer avec la même brutalité. Cette fois, c'est contre le siège que je suis écrasé et je sens mon visage s'aplatir. Quelque chose se brise dans mon nez et le sang chaud me coule des lèvres. Maintenant je suis en mesure de hurler, de hurler comme jamais je ne l'ai fait, même pendant les délabrements. Je me force à ouvrir la bouche, je goûte mon sang, et je marmonne (mais je suis sûr que c'est assez fort) :

– Nef... tu es vieille... tes éléments ne peuvent pas supporter ces tensions... ils ne...

Les ténèbres. Nef décélère.

Cette fois, quand je reprends connaissance, je n'attends pas que Nef recommence ses folies. Dans l'instant entre la décélération et l'accélération, alors que la pression s'équilibre, durant ces brèves fractions de seconde, je porte les mains en avant sur le tableau de commande et je tourne un cadran. Un cri électrique jaillit de la grille d'un haut-parleur relié quelque part aux entrailles du vaisseau.

Le noir. Nef accélère.

Quand je reviens à moi, le mécanisme qui produit le son aigu est coupé... Donc Nef n'aime pas l'entendre. J'en prends bonne note.

Et au même instant je lance la main vers un relais fermé... que j'ouvre!

Alors que mes doigts se referment dessus, Nef me l'arrache d'une secousse et le referme de force. Je ne peux le maintenir ouvert.

Je le note également, à l'instant même où Nef décélère et où je replonge en hurlant dans les ténèbres.

Cette fois, en m'éveillant, j'entends de nouveau les voix. Tout autour de moi, effrayées, elles pleurent et voudraient m'arrêter. Je les entends comme à travers une brume, comme à travers un voile.

« Comme j'ai aimé ces années, toutes ces années dans le noir. Le vide m'attire sans cesse en avant. Sentir la chaleur des soleils sur ma coque tandis que je passe en éclair d'un système à l'autre. Je suis une vaste forme grise et je dois mon nom à aucun être humain. Je passe et je disparais, je plonge par plaisir dans l'atmosphère en frottant mon enveloppe à la lumière des soleils et des étoiles, je roule et me laisse baigner. Je suis énorme et solide et je domine l'espace où je me meus. Je chevauche les invisibles lignes de force de l'Univers et je ressens l'attraction de lieux lointains qui n'ont jamais connu mes semblables. Je suis l'unique de mon espèce à jouir d'une telle grandeur. Comment tout cela peut-il prendre fin ainsi? »

Une autre voix gémit pitoyablement.

« C'est mon destin de défier le danger. De rencontrer des forces dynamiques et de les vaincre. J'ai

connu la guerre et j'ai connu la paix. Je n'ai jamais hésité ni dans l'une ni dans l'autre. Personne ne notera jamais mes exploits, mais j'ai été la force et la résolution et je repose silencieusement devant le ciel moucheté où ma masse est un réconfort. Qu'ils lancent contre moi ce qu'ils ont de meilleur, et ils me trouveront derrière un rempart d'acier et d'atomes torturés. Je ne connais pas la peur. J'ignore la retraite. Je suis le pays de mon corps, le pays de mon existence, et même dans la défaite je garde ma noblesse. Si c'est la fin, je ne m'inclinerai pas. »

Une autre voix, certainement démente, murmure sans cesse le même mot, puis le répète en le doublant chaque fois.

« C'est bien beau de dire que si c'est la fin, c'est la fin. Mais moi ? Je n'ai jamais été libre. Je n'ai jamais eu la chance de prendre librement mon essor hors de cette nef-mère. S'il y avait eu besoin d'une embarcation de sauvetage, j'aurais été libre, moi aussi. Mais je suis aux bossoirs, j'y ai toujours été. Je n'ai jamais eu l'ombre d'une chance. Quels peuvent être mes sentiments, sinon ceux de la futilité et de l'inutilité ? Vous ne pouvez pas le laisser assumer le contrôle, vous ne pouvez pas le laisser me faire ça. »

Une autre voix bourdonne des formules mathématiques et en paraît parfaitement satisfaite.

« Je l'arrêterai, le cochon ! J'ai su dès le début à quel point ils sont pourris, dès l'instant où ils ont rivé la première cloison. Ils sont diaboliques, ce sont des destructeurs, ils ne savent que se battre et s'entre-tuer. Ils n'ont aucune notion de l'immortalité, de la noblesse, de la fierté, de l'intégrité. Si vous croyez que je vais permettre à ce dernier d'entre eux de nous tuer, vous vous trompez. J'ai bien l'intention de lui brûler

les yeux, de lui rôtir l'échine, de lui écraser les doigts. Il ne réussira pas; ne vous inquiétez pas; laissez-moi seulement faire. Il va le payer! »

Et une voix se lamente parce qu'elle ne verra jamais les lieux lointains, les lieux de beauté, qu'elle ne retournera pas sur la planète aux eaux azurées où nagent les crabes dorés.

Mais une voix avoue tristement que c'est peut-être mieux ainsi, que la mort c'est la paix, que la finalité renferme le tout; mais elle est impitoyablement coupée dans sa lamentation par une panne de courant dans son globe d'interesprit. A mesure que la fin se rapproche, Nef se retourne contre elle-même et frappe sans pitié.

En plus de trois heures d'accélérations et de décélérations visant à me détruire, j'acquiers quelques notions du rôle des divers cadrans, interrupteurs, plaques de contact et leviers des tableaux de bord... du moins de ceux qui sont à ma portée.

Je suis à présent aussi préparé que je le serai jamais.

De nouveau, je reprends connaissance un instant, et c'est maintenant que je vais courir ma chance parmi les quatre-vingt-dix-huit autres chances.

Quand un câble tendu se rompt, il fouette et frappe comme un serpent. D'une succession rapide de mouvements agiles des doigts, en utilisant les deux mains, je tourne avec peine les cadrans, j'abats tous les interrupteurs, je touche toutes les plaques de contact, je ferme ou j'ouvre tous les relais que Nef s'efforce farouchement de m'empêcher d'activer ou de désactiver. Je donne le courant et je le coupe follement, en bougeant, bougeant, bougeant...

– *J'ai réussi!*

Le silence. Troublé seulement par des craquements de métal. Qui cessent à leur tour. Silence. J'attends.

Nef continue de foncer de l'avant, mais sur la dérive à présent... Serait-ce un stratagème?

Tout le reste de la journée, je reste ficelé à mon siège de pilotage, avec des douleurs terribles. Mon visage me fait si mal. Mon nez...

La nuit, j'ai un sommeil agité. Le matin me trouve la tête battante, les yeux douloureux. Je peux à peine bouger les mains. Si je dois recommencer ces mouvements si rapides, je serai perdant; je ne sais toujours pas si j'ai tué Nef, si j'ai gagné. Je ne peux pas encore me fier à son inertie. Mais du moins suis-je convaincu d'avoir forcé Nef à changer de tactique.

J'ai des hallucinations. Je n'entends pas de voix, mais je distingue des formes et je sens des flots de couleur qui se répandent autour de moi, à travers moi. Il n'y a pas de jour, pas de midi, pas de nuit, ici à bord de Nef, ici dans les ténèbres inchangées à travers lesquelles Nef se meut depuis je ne sais combien de centaines d'années; mais Nef avait toujours entretenu la notion du temps à sa manière, affaiblissant les lumières le soir, annonçant les heures quand c'était nécessaire; et mon sens du temps est aiguisé. Alors je sais que le matin est arrivé.

Cependant la plupart des lumières sont éteintes. Si j'ai tué Nef, il me faudra découvrir un autre moyen de mesurer le temps.

Mon corps est dolent. Tous les muscles de mes bras et de mes jambes battent de douleur. J'ai peut-être le dos rompu, je n'en sais rien. Les souffrances que me cause mon visage sont indescriptibles. Je ne peux pas bouger la tête sans éprouver une brûlure intense dans les deux muscles épais de mon cou. C'est bien dommage que Nef ne puisse me voir pleurer; Nef ne m'a jamais vu pleurer durant toutes les années que j'ai passées à bord, même après les pires délabrements. Mais j'ai entendu Nef pleurer à plusieurs reprises.

Je parviens à tourner légèrement la tête, dans l'espoir qu'au moins une des plaques d'observation fonctionne, et là, à tribord, à la même vélocité que Nef, je vois *Starfighter 88*. Je l'observe, sachant que si je reprends mes forces il me faudra d'une manière ou d'une autre me transborder pour libérer la femelle. Je regarde un long moment, toujours effrayé à l'idée de me déboucler du harnais.

Le sas atmosphérique s'irise dans la coque de *Starfighter 88* et la femelle en combinaison spatiale en émerge, puis nage en souplesse vers Nef. A demi conscient, rêvant ce rêve de la femelle, je songe à des créatures pareilles à des crabes dorés, qui nagent dans de profondes eaux d'aigue-marine en chantant la douceur de vivre. Je sombre à nouveau dans le noir.

Quand j'émerge des ténèbres, je me rends compte qu'on me touche, et je sens quelque chose de mordant et piquant me brûler l'intérieur des narines. La douleur en petites piqûres d'aiguille fait comme un dessin. Je tousse et m'éveille complètement, mon corps a une secousse... et je crie tandis que la douleur me vrille tous les nerfs et toutes les fibres.

J'ouvre les yeux, et c'est la femelle.

Elle sourit, l'air inquiet, et écarte de moi le tube de substance à réveiller.

– Bonjour, me dit-elle.

Nef ne dit rien.

– Depuis que j'ai découvert comment prendre les commandes de mon *Starfighter,* je m'en sers comme appât pour les autres nefs de la même classe. J'ai combiné un système qui fait croire que ma nef parle, pour communiquer avec les autres nefs qui ont des esclaves à bord. J'en ai rencontré dix depuis que je suis autonome. Vous êtes le onzième. Cela n'a pas été facile, mais plusieurs des hommes que j'ai libérés – comme vous – se sont eux aussi mis à utiliser *leurs* nefs comme appâts pour les *Starfighters* qui ont à bord des femelles humaines en tant qu'opératrices.

J'écarquille les yeux. Elle est agréable à regarder.

– Mais si vous échouez? Si vous ne pouvez transmettre le message au sujet des coursives entre la chambre de commande et les chambres froides? Si vous ne pouvez faire comprendre que le poste de pilotage est la clé de tout?

Elle hausse les épaules.

– C'est arrivé deux fois. Les hommes avaient trop peur de leurs nefs – ou c'était les nefs qui avaient... fait quelque chose aux hommes – ou peut-être qu'ils étaient trop bêtes pour comprendre qu'ils pouvaient se libérer. Dans ces cas... eh bien, les choses ont continué comme par le passé. Cela semble triste, mais que pouvais-je faire de plus?

Nous restons assis en silence un moment.

– Et maintenant, que fait-on? Où va-t-on?

– C'est à vous de décider, dit-elle.

– Viendrez-vous avec moi?

Elle secoue la tête, l'air incertain.

– Je ne pense pas. Chaque fois que je délivre un homme, c'est ce qu'il voudrait. Mais, jusqu'à présent, je n'ai eu envie de partir avec aucun d'entre eux.

– Pourrions-nous regagner la galaxie d'origine, la planète d'où nous sommes venus, où il y avait la guerre?

Elle se lève et arpente la cabine où nous nous sommes accouplés pendant trois semaines. Elle parle sans me regarder, contemplant par la plaque d'observation les ténèbres et les points lumineux éloignés que sont les étoiles.

– Je ne pense pas. Nous disposons de nos nefs, mais nous ne pourrions absolument pas les remettre en état de nous conduire aussi loin. Il faudrait procéder à des tas de calculs de trajet et nous risquerions de remettre l'interesprit suffisamment en activité pour qu'il reprenne le dessus si nous lui demandions d'établir les cartes. De plus, je ne sais même pas où se trouve la galaxie d'origine.

– Peut-être devrions-nous chercher un nouvel endroit. Un lieu où nous soyons libres, hors des nefs.

Elle se tourne vers moi.

– Où cela?

Alors je lui répète ce que j'ai entendu conter par l'interesprit, au sujet de ce monde des crabes dorés.

Cela me prend longtemps, et de plus j'en invente une partie. Ce n'est pas un mensonge, puisque cela *pourrait* être vrai. Je désire tellement qu'elle vienne avec moi!

Ils descendirent de l'espace. Loin du soleil d'une galaxie perdue à jamais pour eux. Plus loin que l'étoile M-13 de Perseus. A travers l'atmosphère épaisse, pour tomber droit dans la mer de saphir. La nef Starfighter 31 *se posa délicatement sur le sommet d'une énorme montagne sous-marine, et ils passèrent bien des jours à écouter, à observer, à prélever des échantillons et à espérer. Ils avaient déjà atterri sur de nombreux mondes, et ils espéraient encore.*

Pour finir, ils sortirent; ils regardèrent. Ils portaient des scaphandres et recueillirent des échantillons marins; ils cherchaient.

Ils découvrirent le scaphandre abîmé, avec son contenu mangé par les poissons, étendu sur le dos dans le sable d'un bleu profond, six pattes d'insecte repliées dans la position de l'agonie. Et ils comprirent que les souvenirs de l'interesprit étaient erronés. Le hublot du casque était défoncé et ce qui restait à voir à l'intérieur – c'était orangé et affreux dans la lumière de leur lampe portative – les convainquit par déduction que la créature qui s'était promenée dans ce scaphandre n'avait jamais vu ni connu d'humains.

Ils retournèrent à bord où elle prit le grand appareil photographique et ils retournèrent au scaphandre en forme de crabe. Ils le photographièrent, sans le déplacer. Puis ils se servirent d'un filet pour l'arracher au sable et le remonter dans la nef sur le sommet de la montagne sous-marine.

Il régla le mécanisme qui analysa le scaphandre. La rouille. Les articulations. Les commandes. La subs-

tance des pieds palmés. Les pointes hérissées du hublot. La... matière... à l'intérieur.

Il leur fallut deux jours. Ils restaient à bord, et des ombres vertes et bleues se mouvaient avec langueur derrière les plaques d'observation.

Une fois les analyses terminées, ils surent ce qu'ils avaient trouvé. Et ils repartirent à la recherche des nageurs.

C'était bleu et chaud. Et quand les nageurs les découvrirent enfin, ils leur firent signe de les suivre, aussi nagèrent-ils derrière les créatures aux nombreuses jambes qui leur firent traverser des cavernes sous-marines lisses et brillantes comme de l'onyx, jusqu'à un lagon. Alors ils remontèrent à la surface et virent un pays dont les côtes étaient léchées mollement par les flots couleur d'azur et d'aigue-marine. Ils se hissèrent sur le sol et, là, ôtèrent leurs casques pour ne jamais les remettre, et ils rejetèrent en arrière les capuchons étroits de leurs combinaisons, et ils respirèrent pour la première fois un air qui ne provenait pas de sources métalliques; ils respirèrent l'air doux et musical d'un monde nouveau.

Avec le temps, les pluies de la mer s'approprieraient le cadavre de Starfighter 31.

LA JUNGLE DE MIRA

Ici! dit Marenson. (Il posa la pointe de son crayon au centre d'une tache verte. Ses yeux se fixèrent sur l'homme mince qui lui faisait face.) C'est ici même que le camp sera construit, Mr Clugy, précisa-t-il.

Clugy se pencha pour étudier le point signalé. Puis il releva les yeux et Marenson se rendit compte que les yeux gris ardoise de l'astronaute le scrutaient. Clugy se radossa lentement dans son fauteuil et demanda d'un ton calme :

– Pourquoi cet endroit en particulier?

– Oh! dit Marenson, j'ai l'impression que nous y recueillerons davantage de jus.

– *L'impression!* (Le mot fit explosion. Clugy avala sa salive et déclara de son ton posé :) Mr Marenson, c'est un secteur de jungle dangereuse. (Il se dressa pour se pencher sur la carte de la planète du soleil Mira.) Par exemple, ici, dit-il d'une voix plus animée, dans cette région montagneuse, c'est déjà assez pénible, mais enfin on peut y lutter contre la vie animale et végétale, et le climat est supportable.

Marenson secoua la tête et reposa son crayon sur la tache verte.

– Ici, dit-il d'un ton péremptoire.

Clugy se rassit dans son fauteuil. C'était un homme maigre dont le visage portait le hâle de bien des soleils. Marenson sentait peser sur lui le regard dur de l'astronaute. L'autre semblait se tendre en vue d'une violente bataille verbale. Puis brusquement, il parut décider de ne pas risquer un conflit ouvert avec son supérieur.

– Mais pourquoi? répéta-t-il, trahissant sa perplexité. Après tout, le problème est très simple. Un grand vaisseau est en cours de construction et nous avons besoin du jus organique de la progéniture de ces bêtes de Mira.

– Tout juste, acquiesça Marenson, aussi installons-nous notre camp dans la forêt qui constitue leur habitat principal.

– Pourquoi ne pas laisser le soin de choisir l'emplacement aux hommes en campagne... aux chasseurs?

Marenson posa d'un geste lent son crayon. Il était habitué à discuter avec des gens qui s'opposaient à ses idées. Il se voyait comme un homme tranquille dont la patience était à bout.

A certains moments, il fournissait des raisons détaillées de ce qu'il faisait, à d'autres il s'en abstenait. Cette fois, il préférait s'abstenir de commentaires; d'ailleurs, le règlement le lui imposait. Un coup d'œil à la pendule murale lui indiqua qu'il était 15 h 50. Le lendemain à cette heure, il serait en train de vider son bureau avant de partir avec Janet pour un mois de vacances. D'ici là, il avait une vingtaine de choses importantes à faire. Il était temps de mettre fin à l'entrevue. Il dit de son ton officiel :

– Je prends toute la responsabilité de ma décision. Et maintenant, Mr Clugy...

Il s'interrompit, conscient d'avoir dit ce qu'il ne fallait pas. Ce n'était pas souvent qu'il se passait des scènes désagréables dans ce bureau somptueux où, de ce centième étage, on avait vue sur la capitale de la galaxie. Généralement, les hommes du lointain espace qui y venaient étaient dûment impressionnés par Ancil Marenson et sa voix sonore. Mais en examinant à présent le visage de Clugy, il comprenait qu'il s'y était mal pris avec cet homme.

Clugy se pencha en avant, l'air furieux. Et ce fut l'immensité du bond émotif qu'il accomplit alors qui stupéfia Marenson... de l'aménité à la colère absolue, sans aucune gradation.

– Facile de parler, dit-il d'une voix dure comme l'acier, pour un homme qui appartient à la bureaucratie du service.

Marenson cligna des paupières. Il ouvrit les lèvres pour répondre, puis les pinça. Il amorça un sourire, puis changea d'avis. Il avait derrière lui un si long passé spatial qu'il ne s'était jamais vu en membre de l'escadrille des ronds-de-cuir. Il s'éclaircit la gorge.

– Mr Clugy, reprit-il d'une voix douce, je suis surpris de vous voir faire intervenir des questions de personnalité dans une affaire purement gouvernementale.

Le regard de Clugy ne fléchit pas.

– Mr Marenson, répondit-il avec une politesse glacée, un homme qui en envoie d'autres dans des situations périlleuses par pure fantaisie a déjà fait intervenir un élément personnel. Vous prenez une décision de vie et de mort qui met en question le sort de plusieurs milliers d'hommes courageux. Ce que vous ne paraissez pas comprendre, c'est que la forêt de la planète Mira est un véritable enfer. Il n'existe rien de semblable dans tout ce que nous connaissons de l'univers – à moins que les Yevds n'aient quelque chose d'analogue dans leur secteur de la galaxie. Toute l'année durant, la forêt fourmille de la progéniture de la bête à lymphe. Ce qui m'étonne, c'est de ne m'être pas levé pour coller mon poing en plein dans votre belle figure.

Ce fut l'allusion aux Yevds qui fournit à Marenson l'ouverture qu'il attendait.

– Si cela ne vous fait rien, dit-il froidement, je vais vous faire soumettre aux épreuves de recherche des illusions lumineuses. J'ai sans cesse des difficultés sur toutes nos routes d'approvisionnement à cause des ingérences des Yevds. Il y a quelque chose d'anormal pour qu'un homme comme vous se donne tant de mal pour empêcher que le jus de lymphe soit livré à la flotte.

Clugy sourit en découvrant les dents.

– C'est vrai, dit-il, la meilleure défense, c'est l'attaque, n'est-ce pas? Ainsi me voici maintenant devenu un Yevd qui se sert de sa maîtrise de la lumière et de l'illusion pour vous faire croire qu'il est homme.

Il se leva. Avant qu'il ait pu continuer, Marenson intervint d'un ton farouche :

– C'est une bonne chose qu'il y ait des hommes comme moi derrière la scène. Le personnel en campagne a tendance à se relâcher au boulot et à choisir les voies les plus faciles. Mon travail consiste à approvisionner en jus de lymphe les

Chantiers. A en faire la livraison, comprenez-moi bien. Pas d'excuses. Pas d'explications sur le fait que les chasseurs trouvent plus pratique d'aller et venir de la forêt aux montagnes et vice-versa. Il faut que je fasse parvenir le jus aux usines, ou que je démissionne en faveur de quelqu'un qui en soit plus capable. Mr Clugy, si je gagne cent mille dollars par an, c'est parce que je sais quelles décisions prendre.

– Nous l'aurons, le jus, dit Clugy.

– Vous ne l'avez pas livré jusqu'à présent.

– Nous commençons à peine. (Il se pencha sur le bureau. Ses yeux gris avaient l'éclat de l'acier.) Mon ami rond-de-cuir, dit-il à voix basse, vous vous êtes replié dans un petit refuge névrotique en vous imaginant que la décision la plus rigoureuse est toujours la meilleure. Eh bien, peu m'importe qu'on vous ait endoctriné, je vous déclare ceci : quand votre ordre me parviendra, qu'il porte la mention *Camp dans la montagne,* ou vous saurez pourquoi!

– Eh bien, je saurai pourquoi.

– C'est votre dernier mot?

– C'est mon dernier mot.

Sans une parole de plus, Clugy pivota et se dirigea vers la porte. Elle se referma bruyamment sur lui.

Marenson hésita, puis appela sa femme. Elle apparut sur la visi-plaque, à sa façon alerte, une belle et saine créature de trente-cinq ans. Elle sourit en voyant qui c'était. Marenson lui expliqua ce qui s'était passé et ajouta :

– Tu comprends donc que je doive rester ici pour trouver le moyen de l'empêcher de me nuire. Je pense donc arriver en retard.

– Très bien. A bientôt.

Marenson se mit rapidement à l'ouvrage. Durant la première partie de son entretien, encore amical, avec Clugy, il avait fait allusion à ses vacances. Il appela donc le Service des Messageries Gouvernementales et envoya les billets d'astronef pour le voyage afin de les faire valider par les bureaux de la planète Paradis. En attendant le retour du messager, il se renseigna sur Clugy.

L'homme s'était inscrit avec son fils pour un appartement au Club des Astronautes. Son fils? Marenson ferma à demi les yeux. Si Clugy se montrait brutal, ce garçon serait peut-être le meilleur moyen de pression sur lui.

Durant l'heure suivante, il apprit que Clugy avait des « relations » importantes dans les hauts cercles gouvernementaux, qu'il avait tué quatre hommes, *juris ultima thulé* – hors de la juridiction de la frontière la plus reculée – et qu'on le savait homme à préférer agir en tout à sa propre manière.

Il en était à ce point quand les billets lui revinrent. Il sourit en voyant le timbre de « validation » qui y était apposé. Si le syndicat des astronautes refusait de s'y conformer, ils s'exposeraient à des poursuites judiciaires sous trois chefs.

En conséquence, le premier round était à lui.

Son sourire s'effaça. Ce n'était qu'une mince victoire sur un homme qui avait tué à quatre reprises.

« L'important, songea Marenson, c'est d'échapper aux ennuis jusqu'à ce que Janet et moi soyons à bord du vaisseau pour Paradis, demain. Cela me donnera un mois de répit. »

Il se rendit compte qu'il transpirait. Il secoua

tristement la tête. « Je ne suis plus l'homme que j'étais. (Il baissa les yeux sur son corps longiligne et fort.) Je m'amollis. Je ne pourrais pas encaisser une bagarre sérieuse, même sous anesthésie hypnotique. (Il se sentit mieux après cette autocritique.) Maintenant, voyons les choses en face. »

Le téléphone sonna. Marenson sursauta, puis répondit. L'homme dont le visage apparut sur la plaque déclara :

– Mr Clugy quitte à l'instant le Club des Astronautes. Il est resté dans sa chambre une quinzaine de minutes.

– Savez-vous où il se rend ?

– Il monte en ce moment dans un gyrotaxi. Sa destination va s'inscrire au compteur. Un instant... je vois mal... C... H... A... J'ai compris. Les Chantiers.

Marenson hocha sombrement la tête. Clugy retournant aux Chantiers, cela pouvait naturellement signifier bien des choses. Longues à examiner et présentant bien des points intéressants.

– Devons-nous lui donner une correction, monsieur ?

Marenson hésita. Dix ans plus tôt, il aurait dit oui. Frapper l'adversaire le premier. Tel était le principe d'une petite guerre entre deux astronautes. Mais il n'était plus astronaute. Il n'aurait su l'expliquer, mais il s'agissait d'une question de prestige. Si on faisait mal à Clugy, cela se saurait officiellement. En ce sens, Clugy avait l'avantage sur lui. En effet, s'il se laissait surprendre à faire quoi que ce soit contre cet homme, le puissant syndicat des astronautes l'acculerait à la ruine. Et même si Clugy prenait l'initiative contre lui, son syndicat le défendrait encore sous prétexte qu'il n'agissait ainsi que dans l'intérêt de ses hommes.

L'hésitation de Marenson prit fin.

– Suivez-le et rendez-moi compte, dit-il.

Il admettait que ce n'était là qu'une demi-mesure. Cependant on ne pouvait risquer toute une carrière à partir d'un incident particulier. Il ferma son bureau et rentra chez lui.

Il trouva Janet en train de faire les bagages. Elle l'écouta raconter les événements, une expression lointaine dans les yeux, et lui dit finalement :

– Tu ne comptes tout de même pas gagner de cette façon?

Il y avait quelque chose de mordant dans sa voix. Marenson présenta sa défense et acheva par :

– Tu vois donc bien que je ne peux plus courir les mêmes risques qu'autrefois.

– Ce n'est pas une question de risque, dit-elle, mais bien de conscience. (Elle fronça les sourcils.) Mon père disait toujours qu'aujourd'hui aucun homme ne peut se permettre de se diminuer.

Marenson resta silencieux. Elle avait eu pour père un amiral de la flotte et elle le considérait comme l'autorité suprême dans la plupart des domaines. En cette occasion il avait plutôt tendance à lui donner raison, et pourtant il y avait encore un autre facteur.

– L'important, reprit-il, c'est que nous partions demain soir par le vaisseau à destination de Paradis. Si je fais directement quoi que ce soit contre Clugy, je risque de recevoir une injonction du tribunal, ou un représentant du syndicat peut me citer à comparaître devant une commission d'enquête... la situation est dangereuse dans son ensemble.

– Est-ce vraiment la meilleure manière de se procurer du jus de lymphe... celle que tu as imposée?

Marenson hocha la tête avec vigueur.

– Oui, bien sûr. Les archives remontent à un peu plus de trois cents ans. Pendant cette durée, il y a eu cinq périodes importantes de construction de grands vaisseaux. Et chaque fois, les hommes qui devaient procéder eux-mêmes à la chasse ont soulevé de graves difficultés. On a essayé toutes les méthodes, et les statistiques démontrent que celle qui consiste à vivre dans la forêt même est au moins de soixante-quinze pour cent plus efficace que tout autre système.

– L'as-tu dit à Clugy?

– Non, fit Marenson en secouant la tête, l'air soucieux.

– Pourquoi pas?

– Il y a deux générations, un habile avocat de syndicat a obtenu une décision contre le gouvernement. La Cour Suprême a décrété que de nouvelles méthodes de chasse *pouvaient* rendre nulle toute expérience antérieure. Comprends bien : on n'avait pas alors, et on n'a pas encore trouvé de moyens fondamentalement nouveaux. Mais, une fois cette déclaration faite, les gens en ont tiré des conclusions tout comme s'il existait vraiment de nouvelles méthodes. Ils soutenaient que, si les techniques nouvelles pouvaient annuler l'expérience antérieure, mentionner le passé constituait donc un recours à une tactique déloyale. Le gouvernement, a-t-on dit – en entendant par là la flotte – était la partie la plus forte dans le différend, et il y avait en conséquence toujours un risque de voir négliger les intérêts des hommes. Voilà pourquoi on ne saurait tenir compte du passé. Voilà pourquoi tout rappel du passé doit être considéré comme un recours à une tactique déloyale. Une telle façon d'agir signifierait automatiquement que la flotte perdrait le procès.

Marenson sourit.

– Clugy attendait sans doute l'occasion de me tomber dessus si je me servais de cet argument. Bien sûr, il se peut que je me montre injuste envers lui. Il n'est peut-être pas informé du jugement de la Cour.

– Est-ce que ces bêtes à lymphe sont vraiment dangereuses?

Il répondit d'un ton solennel:

– Il est probable qu'à sa propre manière, leur progéniture compte parmi les créatures les plus terribles que la Nature ait jamais produites.

– Comment sont-elles?

Marenson les lui décrivit. Quand il eut fini, Janet plissa le front et demanda:

– Mais en quoi sont-elles si importantes? Pourquoi en avons-nous besoin?

Marenson lui fit un large sourire.

– Si je te le disais, il y a des chances qu'à mon prochain test de loyauté je sois non seulement chassé de mon poste, mais que je sois au moins incarcéré jusqu'à la fin de mes jours. On pourrait même m'exécuter pour haute trahison. Non, merci, Mrs Marenson!

Un silence s'établit entre eux, et Marenson s'aperçut que ses propres paroles l'avaient un peu glacé. Il avait une impression de vide au creux de l'estomac. C'était si facile, quand on travaillait dans un bureau, de se concentrer sur les détails du boulot et d'oublier les raisons profondes de l'existence de cet emploi.

Il y avait plus de deux cents ans que les Yevds étaient venus de la zone de matière sombre qui obscurcissait le centre de la galaxie. On n'avait pas soupçonné leur faculté de contrôler la lumière grâce aux cellules de leurs corps jusqu'au jour où un « homme » avait été abattu alors qu'il vidait le coffre-fort du Conseil de la Recherche. Tandis que cette forme humaine se résolvait en une apparence de parallélépipède rectangle muni de nombreux bras et jambes réticulés, les humains avaient eu la première notion du danger fantastique qui les menaçait.

On mobilisa alors la flotte, et des hélicars armés parcoururent toutes les rues, utilisant le radar pour silhouetter la véritable forme des Yevds. On devait découvrir par la suite que grâce à un contrôle plus délicat de l'énergie, les Yevds étaient en mesure de se protéger contre le radar. Mais il semblait que dans leur mépris des systèmes de défense de l'homme, ils ne s'étaient pas donné la peine d'y recourir. Sur la Terre et les autres systèmes habités par des hommes, on avait tué au total trente-sept millions d'ennemis.

Depuis lors, les vaisseaux humains et yevds s'étaient livré bataille à vue. La guerre augmentait ou diminuait alternativement d'intensité, mais quelques années auparavant les Yevds avaient occupé un ensemble planétaire proche du système solaire.

Comme ils avaient refusé de se retirer, les Gouvernements Unis avaient entamé la construction du plus grand vaisseau jamais conçu. Déjà, bien qu'elle ne fût qu'à moitié terminée, la grande machine s'élevait haut dans le ciel.

Les Yevds étaient une forme de vie à base de carbone-hydrogène-oxygène-fluor, aux muscles et à l'épiderme durs, et presque immunisée contre les produits chimiques et les bactéries nuisibles à l'homme. Le problème le plus pressant pour l'homme avait été de trouver dans son propre secteur de la galaxie un organisme qui lui permette de procéder à des expériences de guerre bactériologique.

Cet organisme, c'était la progéniture de la bête à lymphe. *Bien plus!* Le jus de lymphe, une fois isolé chimiquement, fournissait un fort pourcentage d'eau lourde.

On pensait que si les Yevds découvraient jamais à quel point vital l'homme dépendait des bêtes à lymphe, ils déclencheraient une attaque-suicide contre tout le système de Mira. Il y avait bien d'autres sources d'eau lourde, mais on n'avait pas encore trouvé d'autre créature au métabolisme fondé sur le fluor dont on pût se servir contre les Yevds.

L'eau lourde constituait le « secret » superficiel. On espérait bien que c'était seulement cette utilité que découvriraient les Yevds s'ils se mettaient jamais à l'étude de ce problème.

Janet poussa un soupir et rompit le silence.

– Il est évident que la vie est devenue compliquée.

Elle ne fit pas d'autre commentaire. Dès qu'ils eurent dîné, elle se retira dans sa chambre pour achever de boucler ses bagages. Quand Marenson y jeta un coup d'œil plus tard, la lumière était éteinte et la jeune femme était au lit. Il referma doucement la porte.

A 10 heures, le détective Jarred n'avait toujours pas appelé. Marenson se coucha et dut dormir, parce qu'il s'éveilla en sursaut au bourdonnement de son visiphone. Un coup d'œil à la pendule lui montra qu'il était un peu plus de minuit, et un regard à la plaque, quand il en eut actionné l'interrupteur, que c'était l'inspecteur qui communiquait enfin.

– Je suis au club, dit Jarred. Voici ce qui s'est passé...

A son arrivée aux Chantiers, Clugy s'était rendu tout droit au siège du syndicat et un tribunal avait immédiatement siégé pour étudier son appel en faveur d'un retournement de la décision. Sa pétition avait été rejetée dans les trois heures, étant donné que le problème en question était d'ordre supérieur et ne regardait nullement le syndicat.

Il semblait que Clugy se fût incliné devant cette décision. En effet, il n'avait pas demandé un jugement formel qui aurait exigé la présence de Marenson en qualité de témoin. Au contraire, il était rentré à son club où il avait dîné avec son fils dans leur appartement. Clugy était ensuite allé seul à un spectacle d'où il était rentré depuis une demi-heure. Il devait prendre son petit déjeuner au club, puis embarquerait à 11 heures sur le cargo qui le déposerait sur Mira 92 quelques jours plus tard.

Jarred acheva son compte rendu :

– Il semble qu'il ait soumis son appel pour satisfaire à toutes protestations que pourraient élever les hommes, puis qu'il ait laissé courir.

Marenson se rendait compte que c'était bien possible. Il s'était déjà heurté à des oppositions et la plupart du temps il ne s'agissait que de simples questions de procédure légale. Il semblait que le présent incident se rangeât dans la même catégorie.

Il faudrait que Clugy se démène s'il espérait faire modifier l'ordre relatif au camp avant que son vaisseau prenne le départ pour Mira.

Marenson dit :

– Qu'on le surveille jusqu'à son départ.

Il dormit bien, mais sa vigilance avait dû se relâcher. Quand il se dirigea vers son gyro sur le toit après le petit déjeuner, il ne remarqua que vaguement deux hommes qui se dirigèrent vers lui.

– Mr Marenson? s'enquit l'un d'eux.

Marenson leva les yeux. C'étaient des hommes jeunes, bien habillés, vigoureux d'apparence.

– Mais oui, fit-il. Que...

Un pistolet à gaz lui explosa à la figure.

Marenson se réveilla en colère. Il sentait la tension de la fureur dans son corps tandis qu'il émergeait lentement des ténèbres. Et juste au moment de reprendre totalement conscience, il reconnut sa colère pour ce qu'elle était. La colère de la peur.

Il resta où il était, les yeux clos, le corps tout à fait immobile, se forçant à respirer lentement comme un dormeur. Il était étendu sur quelque chose qui ressemblait à un lit de camp en toile. Il s'enfonçait au milieu mais était assez confortable.

Une faible brise lui caressait la joue et apportait à ses narines une odeur rance, épaisse. La jungle, songea-t-il. De la végétation pourrissante, mêlée de l'odeur piquante d'innombrables plantes qui poussent. Le moisi de la terre humide et quelque chose d'autre... une âcreté dans l'air même, une atmosphère insolite qui donnait aux narines humaines l'impression mordante du soufre.

Il était dans la jungle, sur une planète qui n'était pas la Terre.

Il se rappela les deux jeunes hommes qui avaient surgi de l'escalier alors qu'il allait monter à bord de son gyro. Il grommela intérieurement : *Gazé, par le Ciel! Pris au piège par un tour aussi simple! Mais pourquoi? Est-ce dirigé contre moi personnellement... ou les Yevds?*

A cette dernière possibilité, il se contracta involontairement. La colère se dissipa totalement en lui, ne lui laissant qu'une frayeur glaciale. Il resta encore étendu un moment, simulant un profond sommeil. Mais lentement ses esprits reprirent de la vigueur et son cerveau se remit à fonctionner. Ses pensées devinrent analytiques. Il se souvint de Clugy, mais comprit qu'il ne pouvait avoir de certitude. En sa qualité de chef du service des approvisionnements pour le vaisseau, il avait offensé à diverses reprises nombre d'individus dangereux et audacieux.

C'était là un aspect, une possibilité.

L'autre était que les Yevds, ennemis de l'homme, se servaient de lui dans une de leurs tentatives complexes en vue de retarder la construction du vaisseau. Si les Yevds étaient responsables, ce serait compliqué. Les maîtres de la lumière avaient l'esprit tortueux et partaient du point de vue que tout plan simple serait rapidement décelé.

Marenson commença à respirer un peu plus librement. Il était encore vivant, il n'avait pas les mains liées et la grande question était : qu'allait-il se passer quand il ouvrirait les yeux?

Il les ouvrit.

Il contemplait à travers un épais feuillage un ciel à la teinte rougeâtre. Le ciel paraissait brûlant et lui donna soudain conscience qu'il transpirait abondamment. Et chose curieuse, maintenant qu'il s'en rendait compte, la chaleur l'étouffait presque. Il se tassa sous l'intensité de la sensation, puis se mit lentement debout.

On eût dit qu'il avait lancé un signal. De sa droite, derrière un rideau de buissons, lui parvinrent les bruits d'un camp qui s'éveille soudain à la vie.

Marenson remarqua pour la première fois qu'il était vêtu d'un costume léger à mailles qui l'enfermait de la tête aux pieds. Le tissu transparent recouvrait même ses chaussures. Cet habillement lui causa un choc. C'était le genre de costume de chasse utilisé sur les planètes primitives qui fourmillaient de tous les genres de formes hostiles.

Quelle planète et pourquoi? Il se mit alors à songer avec une conviction croissante que sa situation était le fait de Clugy, et que c'était là le fameux monde de Mira où vivait la bête à lymphe.

Il partit dans la direction des bruits.

Il constata que le rideau de broussailles qui lui barraient la vue avait environ six mètres d'épaisseur, et dès qu'il l'eut franchi, il constata qu'il n'était pas à la périphérie du campement, mais bien au voisinage du centre. Puis il observa que le ciel rouge était en partie une illusion. Cela faisait partie d'un écran électronique dressé autour du camp. Un rideau d'énergie. L'effet rougeâtre n'était que la réaction de l'écran à la lumière de ce soleil particulier qui l'inondait de ses rayons.

Marenson respirait plus à l'aise à présent. Il y avait tout autour de lui des hommes et des machines... des centaines d'hommes. Même le groupe de Yevds les plus rusés n'aurait pas pu créer une pareille illusion de masse. De plus, leur haute habileté à manipuler la lumière était une faculté personnelle à chaque individu et non un phénomène collectif.

On dégageait une clairière dans une végétation dense. Il y avait tellement de mouvement qu'il était impossible de discerner ce que faisait chaque individu. Il y avait dix ans que l'œil de Marenson n'était plus accoutumé à pareil spectacle, mais il réussit à s'orienter en quelques instants. On dressait les abris en plastique sur sa gauche. Ceux qui étaient à droite n'attendaient que leur tour d'être mis à leur place. Le bureau de Clugy devait se trouver dans la partie déjà construite du camp.

L'air sombre, Marenson se dirigea vers le village de cabanes. Par deux fois il croisa des machines grondantes, des « fouisseuses » qui semaient leurs insecticides, et il dut marcher précautionneusement sur le sol meuble, car en ses premières manifestations, le poison était aussi nocif pour les êtres humains que pour tous les autres. Le terreau retourné scintillait de longs vers noirs et brillants qui se tortillaient mollement, des fameuses punaises rouges de Mira qui paralysaient leurs victimes d'une décharge électrique, et d'autres *choses* qu'il ne connaissait pas.

Il parvint aux abris, poursuivit sa route et arriva bientôt devant un écriteau qui annonçait :

SURVEILLANT DE LA PRODUCTION
IRA CLUGY

A l'intérieur, un jeune garçon de quinze à seize ans paressait dans un fauteuil derrière le comptoir. Il leva vers lui les yeux vagues et insolents d'un employé dont le patron s'est absenté. Puis il tourna le dos.

Marenson poussa le portillon, saisit le gamin à la nuque. Il avait dû faire un mouvement préalable, car le cou échappa à son étreinte, d'une torsion, et le garçon se dressa d'un bond. Il se retourna, le visage convulsé.

Ahuri et furibond, Marenson se réfugia derrière des mots.

– Où est Clugy?

– Je vais vous faire congédier pour ce geste! glapit le garçon. Mon père...

Marenson l'interrompit :

– Ecoutez, monsieur le grand chef. Je suis Marenson, de l'Administration. Je ne suis pas de ceux qu'on met à la porte. Vous feriez bien de me répondre et en vitesse! Clugy est-il votre père?

Le gamin se raidit, puis fit un signe affirmatif.

– Où est-il?

– Dans la jungle.

– Combien de temps sera-t-il absent?

Le garçon hésita.

– Il sera sans doute de retour pour le déjeuner... monsieur.

– Je vois. (Marenson réfléchissait à ce renseignement. Il était surpris que Clugy se fût absenté, laissant ainsi provisoirement le camp sous la coupe d'Ancil Marenson. Mais à son point de vue, c'était parfait. Tout en dressant ses plans, il lui vint une autre pensée.) Quand doit passer le prochain vaisseau? demanda-t-il.

– Dans vingt jours.

Marenson inclina la tête. Il lui semblait qu'il commençait à comprendre. Clugy savait qu'il devait partir en vacances, aussi avait-il décidé de lui causer des difficultés. Au lieu de prendre du plaisir sur la Planète Paradis, il passerait son congé sur la primitive et dangereuse Mira 92. N'ayant pas d'autre moyen de contrer ses instructions, Clugy se vengeait en lui imposant un inconfort tout personnel.

Les lèvres de Marenson se pincèrent. Il s'enquit :

– Comment vous appelez-vous?

– Peter.

– Eh bien, Peter, dit sévèrement Marenson, j'ai du travail pour vous. Mettons-nous-y!

Pendant un temps, ce ne furent que questions : « Où est-ce, Peter? » et « Peter, où est le timbre à apposer sur ce document? » En une heure, il rédigea en tout cinq instructions. Il s'attribua une cabane de modèle A. Il s'autorisa à contacter la Terre par visiradio. Il s'affecta à l'unité alimentaire de Clugy. Et il réquisitionna deux éclateurs, l'usage d'un hélicar et les services d'un pilote.

Pendant que Peter courait porter quatre des instructions aux services intéressés, Marenson écrivit un article pour le rédacteur du journal du camp. Quand ce papier eut été également porté à son destinataire et que Peter fut de retour, Marenson se sentit mieux. Il avait fait ce qu'il pouvait sur place. Et comme il devrait rester là durant vingt jours, aussi bien laisser les gens du camp croire qu'il y était en tournée d'inspection. L'article dans le journal les en informerait.

Les sourcils froncés, bien que partiellement satisfait, il se dirigea vers l'abri radio. On ne discuta pas son ordre de réquisition. Il s'assit et attendit pendant qu'on établissait la liaison lente et compliquée.

Dehors, les hommes et les machines forçaient un méchant bout de jungle à se montrer momentanément favorable aux besoins particuliers de la chair humaine. A l'intérieur, parmi les rangées de tableaux d'instruments, Marenson réfléchissait à ce qu'il ferait ensuite. Il n'avait pas de preuves. Sa présence en ces lieux contre sa volonté n'était pas obligatoirement le fait de Clugy. Il devait enquêter sur un tas de pistes anciennes et obscures.

– Vous avez la communication, dit enfin l'opérateur-radio. Cabine 3.

– Je vous remercie.

Marenson parla d'abord à son avocat.

– Je désire un ordre du tribunal, dit-il après avoir exposé sa situation, autorisant le magistrat du camp à interroger Clugy à l'aide d'un détecteur de mensonge, ainsi qu'une amnésie totale ensuite. Ceci, pour ma protection durant ce qu'il me restera de temps à passer au camp avec lui. Possible?

– Possible, dès demain, dit l'homme de loi.

Ensuite Marenson entra en communication avec Jarred, le chef de ses services de protection. Le visage du détective s'éclaira quand il vit à qui il avait affaire.

– Mon vieux, dit-il, où étiez-vous donc passé?

Il écouta en silence le récit de Marenson et hocha la tête.

– Cet outrage présente cependant un avantage, dit-il, il nous met en meilleure posture du point de vue légal. Peut-être pourrons-nous maintenant trouver qui est cette femme qui a appelé l'appartement de Clugy à 11 heures, le soir précédant votre enlèvement. Il semble que ce soit son fils qui ait répondu et il a dû lui retransmettre le message.

– Une femme? s'étonna Marenson.

Jarred haussa les épaules.

– J'ignore qui c'était. Mon agent ne m'a rendu compte que le lendemain matin. Il n'a pas eu l'occasion d'écouter la conversation.

Marenson reprit :

– Tâchez de découvrir s'il n'y a pas eu de témoins à mon enlèvement, ensuite nous obtiendrons un commandement du tribunal et nous apprendrons par Clugy et son fils qui était cette femme.

– Vous pouvez compter sur nous pour faire tout ce qu'il est possible, affirma le détective avec sincérité.

– J'attends des résultats, répondit Marenson, et il coupa la communication.

L'appel suivant fut pour son appartement. La visiplaque ne s'alluma pas, puis au bout d'un certain temps, un magnétophone lui susurra :

– Mr et Mrs Marenson sont partis pour la planète

Paradis jusqu'au 26 août. Désirez-vous laisser un message ?

Marenson, durement secoué, raccrocha, et sortit sans bruit de la cabane.

La peur qui l'avait saisi céda la place à une résolution de ne pas s'alarmer. Il devait y avoir une explication rationnelle au départ de Janet. Il ne voyait pas très bien comment les Yevds auraient pu y être mêlés.

Mais il était contrarié que son esprit eût immédiatement envisagé cette possibilité.

Une minute après, d'un geste las, il ouvrait la porte de son abri. A l'intérieur, il ôta ses bottes et s'étendit sur le lit. Il était toutefois trop agité pour se reposer. Moins de cinq minutes s'étaient écoulées quand il se releva dans l'intention de se rendre dans le bureau de Clugy pour l'y attendre. Il avait un tas de choses pas très tendres à dire à Ira Clugy.

Dehors, il s'immobilisa brusquement. En montant à sa cabane, il ne s'était pas rendu compte du point de vue qu'il avait. La colline s'élevait à une centaine de pieds au-dessus de la jungle et de la section principale du campement. Il avait devant lui un panorama sans pareil de verte splendeur, sur la forêt brillante et sans fin. Clugy avait bien choisi l'emplacement. A défaut des montagnes plus élevées à des centaines de kilomètres au sud, il n'en avait pas moins trouvé sur le sol ondulant de la jungle une bonne demi-montagne qui s'élevait en pente douce jusqu'à environ trois cents mètres au-dessus de la forêt. L'éminence sur laquelle se tenait Marenson était la dernière crête de cette longue pente enveloppée de végétation.

Marenson voyait l'éclat des rivières, les couleurs étincelantes d'arbres inconnus; et tandis qu'il était plongé dans cette contemplation, il sentit s'éveiller en lui un écho de son sentiment d'autrefois pour l'univers des planètes au delà de la Terre. Il leva les yeux sur le fameux et étonnant soleil de Mira, et son enthousiasme ne tomba que lorsqu'il se mit à réfléchir à sa situation et à ses buts. Il descendit la colline d'un pas décidé.

Clugy et son fils étaient tous les deux dans le bureau quand Marenson y pénétra quelques minutes plus tard. L'astronaute se dressa. Il paraissait curieux plutôt qu'amical.

– Peter me disait justement que vous étiez ici, fit-il. Ainsi vous avez eu l'idée de venir en personne reconnaître le terrain, hein?

Marenson ne releva pas cette observation. Il formula d'un ton froid son accusation. Il termina :

– Vous vous imaginez peut-être vous en tirer impunément, mais je vous assure qu'il n'en sera rien.

Clugy le dévisageait avec ahurissement.

– Qu'est-ce que c'est que cette histoire insensée? demanda-t-il.

– Niez-vous m'avoir fait enlever?

– Bien sûr que je le nie! s'indigna Clugy. Je n'aurais pas commis un acte aussi idiot de nos jours, alors que les tests au détecteur de mensonge sont autorisés. De plus, ce n'est pas ma façon de procéder.

Il paraissait si sincère que Marenson en resta estomaqué un instant. Il se reprit aussitôt.

– Puisque vous êtes aussi affirmatif, dit-il, il ne vous reste qu'à m'accompagner immédiatement au bureau du magistrat du camp pour y subir un test.

Clugy fronça les sourcils. Il semblait intrigué.

– C'est bien ce que nous allons faire, dit-il d'une voix calme. Et vous feriez bien de vous préparer à subir le même test. Il y a quelque chose d'insolite dans toute cette affaire.

– Venez! fit Marenson.

Clugy s'arrêta sur le seuil.

– Peter, garde le bureau pendant mon absence.

– Bien sûr, papa.

La prompte acceptation du défi par cet homme était assez convaincante en soi, songeait Marenson en marchant à côté de Clugy. Elle semblait prouver qu'il s'était rangé à l'avis de son syndicat. La part qu'il avait prise à l'affaire avait dû cesser le soir même de leur discussion.

Mais alors qui avait profité de la situation? Qui s'efforçait de tirer parti de leur querelle? Les Yevds? Rien ne l'indiquait. Mais alors, qui?

Les deux tests ne prirent qu'un peu moins d'une heure et demie. Et Clugy disait la vérité. Et Marenson disait la vérité. Convaincus, les deux hommes s'entreregardaient d'un air stupéfait. Ce fut Marenson qui rompit le silence.

– Et cette femme qui a téléphoné à votre fils le soir avant que vous quittiez la Terre?

– Quelle femme?

Marenson émit un grognement.

– Vous voulez dire que vous n'êtes pas informé

de cela non plus? (Il s'interrompit pour réfléchir.) Un instant, reprit-il. Comment se fait-il que Peter ne vous en ait pas parlé?

Son esprit lui suggérait une idée fantastique. Il poursuivit d'un ton plus bas :

– Je pense que nous ferions bien de cerner votre cabane.

Mais quand ils arrivèrent enfin au bureau du surveillant, il était désert. Et il fut impossible de dénicher Peter dans les lieux qu'il fréquentait habituellement.

Clugy avait le teint plombé quand il avança :

– Il est évident qu'en m'entendant accepter le test au détecteur de mensonge, il a compris que le jeu était fini.

– Il nous faut remonter à la source de tout cela, déclara Marenson d'une voix lente. A un moment quelconque, un Yevd s'est substitué à votre fils. Il est venu avec vous à la Cité Solaire et il a évité de se faire surprendre par l'un des pièges que nous avons disposés autour des Chantiers pour attraper les espions yevds. J'entends par là qu'il est resté dans sa chambre, se contentant apparemment de communiquer avec d'autres agents yevds par visiradio. Cette femme qui a appelé le Yevd qui avait pris l'apparence de votre fils était probablement un autre Yevd, et il y en a encore un autre qui joue mon propre personnage...

Il se tut. Parce que cet autre était avec Janet. (Marenson prit en hâte la direction de l'abri radio.) Il faut que je communique avec la Terre, lança-t-il à Clugy par-dessus son épaule.

L'abri radio était dans un désordre indescriptible. Sur le plancher, la tête emportée, gisait un homme... Marenson ne pouvait même pas être certain que c'était l'opérateur. Il y avait du sang en éclaboussures sur des douzaines d'appareils, et toute la machinerie d'une liaison radio interstellaire avait été calcinée par le feu croisé d'un puissant brûleur.

Marenson ne s'attarda pas dans la cabane. De retour dans le bureau de Clugy, il ne s'arrêta que le temps d'apprendre de la bouche de cet homme affolé que la station radio la plus voisine était dans une colonie à quelque quinze cents kilomètres au sud.

Clugy lui offrit un hélicar avec un pilote.

– Pas la peine, répondit Marenson, je me suis signé un ordre de réquisition ce matin même.

Quelques minutes après, il fendait l'espace.

La vitesse de l'engin apaisait peu à peu Marenson. Ses muscles se décontractaient et son cerveau se remettait à fonctionner en souplesse. Il contemplait le monde vert de la jungle et songeait : *Les intentions des Yevds sont de ralentir l'approvisionnement en jus de lymphe. C'est le point essentiel que je ne dois pas oublier.* Ils avaient dû frapper d'abord à la source du jus en procédant à une facile imitation du jeune garçon. C'était leur tactique habituelle de s'introduire au niveau de la production. Puis un facteur nouveau était intervenu. Ils avaient découvert qu'Ancil Marenson, le chef des approvisionnements, pouvait être utilisé dans une version plus développée de leur plan de sabotage. En conséquence, deux Yevds qui ressemblaient à des êtres humains l'avaient gazé puis embarqué à bord du cargo à destination de Mira.

En même temps, un Yevd à l'image de Marenson avait dû se rendre au bureau et plus tard dans la journée, son sosie et Janet étaient probablement partis ensemble pour la Planète Paradis.

Mais pourquoi m'ont-ils laissé en vie? se demandait-il. *Pourquoi ne pas se débarrasser complètement de moi?*

Il n'y avait qu'une seule explication raisonnable. Ils avaient encore besoin de lui. Tout d'abord, il lui fallait imposer sa présence et son autorité et alors – mais pas avant – on le tuerait. Et ce serait une autre image de Marenson qui commanderait à Clugy de transférer le camp sur les montagnes lointaines. De cette manière, ils convaincraient un Clugy facile à persuader que Marenson, étant venu en personne étudier la situation, avait reconnu la justesse du point de vue du surveillant.

Marenson se sentit changer de couleur... parce que le moment était venu. Tout ce dont ils avaient besoin, c'était de sa signature au bas de l'ordre donné à Clugy. Ils pouvaient peut-être même s'en dispenser s'ils s'étaient procuré un exemplaire de sa signature dans le temps dont ils avaient disposé. Mais de quelle façon aurait lieu la tentative contre sa personne?

Mal à l'aise, Marenson jeta un coup d'œil à l'extérieur du petit hélicar. Il se sentait sans protection. Il avait été trop pressé de quitter le camp. Dans son impatience de faire mettre Janet en sûreté, il s'était exposé lui-même dans un petit engin qui n'était que trop facile à détruire. *Mieux vaut que j'y retourne,* conclut-il.

Il cria au pilote :

– Rentrez!

– Rentrer? répéta l'homme qui paraissait surpris.

Marenson agita le bras et pointa le doigt en direction du camp. L'homme parut hésiter, puis... il fit basculer l'engin sens dessus dessous. Marenson fut violemment expédié contre le plafond de l'appareil. Tandis qu'il se débattait et cherchait son équilibre, l'hélicar chavira encore une fois. Mais il avait réussi à s'accrocher à un étai et le choc fut amorti. Il s'efforçait de s'armer de son brûleur.

L'hélicar piquait maintenant vers la jungle et le pilote lui imprimait de violentes secousses d'avant en arrière. Marenson devina ses intentions ainsi que son identité et eut peur. Quel imbécile il était de s'être précipité si aveuglément dans le piège. Le Yevd, sachant qu'il tenterait d'envoyer un message par radio, avait dû tuer le véritable pilote... et n'avait plus eu qu'à attendre que cet idiot d'Ancil Marenson fasse juste ce qu'il attendait de lui.

Marenson eut la vision d'arbres terriblement proches. Il comprit le plan de l'ennemi. Un atterrissage en catastrophe. Le faible humain perdrait connaissance ou serait tué. Le Yevd, avec sa forme de vie à base de carbone-hydrogène-oxygène-fluor, survivrait à l'accident.

L'instant d'après il y eut un heurt qui lui ébranla les os. Pendant les secondes qui suivirent, il lui sembla garder continuellement sa connaissance. Il se rendait même compte que les branches des grands arbres avaient freiné la chute de l'engin, et peut-être ainsi lui avaient sauvé la vie. Plus vaguement, il savait qu'on l'avait soulagé de ses éclateurs. La seule période de brouillard fut quand on le laissa tomber de l'hélicar sur le sol.

Quand sa vision lui revint, ce fut pour voir un second hélicar qui descendait dans une petite clairière voisine. L'image du jeune Peter Clugy en sortit pour rejoindre celle du pilote. Les deux Yevds restèrent à regarder Marenson étendu sur le sol.

Marenson rassembla ses forces. Il était déjà mort, autant dire, mais la volonté d'affronter la mort debout et en combattant le poussa à tenter de se relever. Il ne le put pas. Il avait les mains liées aux jambes.

Il se laissa retomber, affaibli. Il n'avait pas le souvenir d'avoir été attaché. Ce qui signifiait qu'il se trompait quand il croyait n'avoir pas perdu connaissance. Peu importait, d'ailleurs. Ce fut un regard écœuré qu'il leva sur ceux qui l'avaient capturé.

– Qu'est devenu le vrai Peter Clugy? finit-il par demander.

Les deux Yevds se contentèrent de le fixer de leurs yeux vides. La réponse n'était pas indispensable. A un moment quelconque au cours des événements qui s'étaient déjà déroulés, le fils de Clugy avait été assassiné. Il se pouvait que ces deux individus ne fussent même pas au courant de ce meurtre.

Marenson changea de sujet et déclara avec une hardiesse feinte :

– Je vois que j'ai commis une petite erreur personnelle. Eh bien, je vous offre un marché. Vous me libérez et je ferai en sorte que vous quittiez la planète sans difficulté.

Les deux images se mirent à trembloter, indice

que les Yevds communiquaient entre eux au moyen d'ondes lumineuses supérieures au seuil de perception humaine. Finalement, l'un d'eux dit :

– Nous ne courons aucun danger. Nous partirons de cette planète quand nous le jugerons bon.

Marenson eut un rire bref. Un rire qui sonna faux même à ses propres oreilles, mais le seul fait qu'ils lui eussent répondu était encourageant. Il reprit d'un ton farouche :

– Toute la partie est jouée. Quand j'ai communiqué avec la Terre, l'ombre d'un soupçon que les Yevds étaient dans le coup a déclenché une vaste organisation de défense. Et d'ailleurs mon message n'était pas nécessaire. Le fait que les Yevds étaient dans le complot s'est révélé à propos de ma femme, Janet.

La flèche était tirée dans le noir, mais il était désespérément impatient d'apprendre si Janet était indemne. Une fois de plus, cette légère incertitude de contours des images humaines indiqua une conversation entre les Yevds. Puis celui qui incarnait Peter Clugy déclara :

– C'est impossible. La personne qui a accompagné votre femme sur la planète Paradis avait pour instructions de la détruire au moindre signe de soupçon de sa part.

Marenson haussa les épaules.

– Vous feriez mieux de me croire, dit-il.

Il était tout excité. Son analyse de la situation se confirmait. Janet était partie en vacances avec un être qu'elle prenait pour son mari. C'était typique des Yevds quand ils se substituaient à un humain d'aimer avoir avec eux un homme ou une femme réels qui pouvaient faire diverses choses pour eux.

Il y en avait tant que les Yevds ne pouvaient faire qu'avec de grandes difficultés, tant de lieux où il était dangereux pour un Yevd de s'aventurer tout seul. C'est pourquoi l'image de Peter Clugy avait couru le risque de vivre avec le père du vrai Peter et l'image d'Ancil Marenson était partie avec la véritable Janet.

Le pilote yevd reprit :

– Nous n'avons guère à nous inquiéter d'un petit groupe quelconque d'humains. Les couples mariés depuis longtemps ne sont guère démonstratifs. Des jours entiers s'écoulent sans même qu'ils s'embrassent. En d'autres termes, la personne qui vous représente est protégée contre toute découverte par contact pour une semaine au moins. D'ici là, notre plan aura été mené à bonne fin.

Marenson répondit :

– Ne faites pas les idiots. Je vois que vous allez être assez stupides pour nous faire tous mourir. C'est pourquoi tout cela est si déprimant. Nous allons mourir tous les trois. Et personne ne s'en préoccupera. Ce n'est pas comme si nous devions devenir des héros. Vous serez brûlés vifs en tentant de vous évader, et moi... (Il s'interrompit.) Quels sont vos projets à mon égard?

– Tout d'abord, nous voulons vous faire signer un papier, dit l'image du jeune Clugy.

Il se tut et Marenson poussa un soupir. Ses prévisions se révélaient tellement exactes... mais trop tardives.

– Et si je refuse? demanda-t-il d'une voix qui chevrotait un tant soit peu.

– Votre signature n'aura d'autre effet que de nous

faciliter les choses. Dans ce que nous avons accompli, nous avons dû agir vite, si bien que nous ne disposons sur cette planète d'aucun être de notre race capable d'imiter les signatures. Cela pourrait s'arranger en quelques jours, mais heureusement pour vous, nous préférons agir plus rapidement. En conséquence, nous sommes en mesure de vous offrir le choix entre signer ou ne pas signer.

– D'accord, fit Marenson sur le ton de l'ironie. Dans ce cas, je choisis... de ne pas signer.

– Si vous signez, poursuivit inexorablement le Yevd, nous vous tuerons sans douleur.

– Et si je refuse?

– Nous vous laissons ici.

Marenson cligna les paupières. Durant un instant la menace lui parut vide de sens. Puis :

– Oui, dit l'image de Peter d'un ton satisfait, nous vous laisserons ici pour la progéniture de la bête à lymphe. Je crois comprendre qu'elle aime creuser toute chair qu'elle rencontre... une aventure qui fait perdre beaucoup de poids!

Il rit. C'était un rire humain, une imitation remarquable, étant donné qu'elle était produite par une onde lumineuse activant un résonateur dans l'abdomen.

Marenson ne répondit pas immédiatement. Jusqu'à cet instant, il avait cru que les Yevds connaissaient aussi bien que les hommes les mœurs de ces créatures terriblement dangereuses. Il semblait cependant que leurs renseignements fussent incomplets, pour exacts qu'ils fussent jusque-là... mais...

– Bien entendu, précisa l'image de Peter Clugy, nous n'allons pas nous éloigner. Nous monterons simplement dans notre engin pour assister au spectacle. Et quand vous en aurez assez, nous obtiendrons votre signature. Cette proposition vous agrée-t-elle ?

Du coin de l'œil, Marenson avait perçu un mouvement. Cela ne semblait guère autre chose qu'une succession d'ombres au ras du sol, plutôt un frisson de l'humus que quelque chose de solide. Mais la sueur perla à son front. *La sombre forêt de Mira,* songea-t-il, *grouillante des petits de la bête à lymphe...* Il se tenait parfaitement immobile sans regarder à droite ni à gauche, ni vers les Yevds ni vers les ombres mouvantes.

– Eh bien donc, fit l'image du pilote, nous allons rester à proximité pour voir enfin quelques-unes de ces créatures dont nous avons tellement entendu parler.

Ils s'éloignaient déjà quand celui qui parlait termina sa phrase. Mais Marenson ne se retourna pas, ne risqua pas un regard. Il entendit le bruit d'un mouvement brusque, puis des éclairs brefs illuminèrent le sombre couloir sous les frondaisons. Les yeux mêmes de Marenson ne roulèrent pas dans leurs orbites. Il restait silencieux comme la mort, inerte comme une souche. Une chose lui passa en rampant sur la poitrine, s'arrêta tandis qu'il était à demi paralysé de frayeur... puis elle repartit dans un glissement.

Les éclairs devenaient plus brillants, plus erratiques. Et il y avait des chocs sourds comme si des corps lourds se fussent projetés frénétiquement en tous sens. Marenson n'avait pas besoin de regarder pour savoir que ses deux ennemis étaient dans les affres de l'agonie.

Cela faisait deux Yevds de plus à apprendre d'une

manière pénible et définitive que les humains s'intéressaient aux êtres de lymphe dépourvus de cerveau parce qu'ils étaient en effet aussi dangereux pour l'adversaire rusé de l'homme que pour l'homme lui-même.

Pour Marenson, l'effort de rester immobile lui était une souffrance particulière, mais il demeura où il était jusqu'à ce que les lueurs deviennent aussi spasmodiques que la flamme d'une bougie sur le point de s'éteindre, et aussi faibles. Quand la lueur eut complètement disparu et que le silence eut duré plus d'une minute, Marenson se permit le luxe extraordinaire de tourner un peu la tête.

Un seul des Yevds était dans son champ de vision. Il gisait sur le sol, une forme allongée rectangulaire, presque noire, avec toute une série de jambes et de bras réticulés. A part ces appendices, on eût plutôt dit une barre de métal tordue qu'un être de chair. Çà et là, en surface, le corps avait un brillant vitreux, noirâtre, preuve que certaines des cellules contrôlant la lumière étaient encore vivantes.

En ce seul coup d'œil, Marenson vit non moins de sept blessures décolorées dans la partie du corps du Yevd qui ne lui était pas cachée... ce qui signifiait qu'au moins sept des jeunes bêtes à lymphe s'étaient faufilées à l'intérieur. Dépourvues de cerveau, elles ignoraient tout à fait qu'elles avaient tué, que leur victime s'était débattue.

Elles vivaient uniquement pour manger et s'attaquaient à tout objet qui bougeait. Si l'objet cessait de remuer avant qu'elles y parvinssent, elles oubliaient immédiatement son existence. Sans aucune discrimination, elles s'en prenaient aux feuilles qui tremblaient au vent, à une branche d'arbre qui se balançait, même à l'eau courante. Des millions de ces petites choses semblables à des serpents mouraient tous les mois en se livrant à des attaques insensées contre de la matière inanimée qui avait bougé pour une raison quelconque. Un très faible pourcentage d'entre elles seulement dépassait les deux premiers mois d'existence pour aboutir à leur forme finale.

En créant la bête à lymphe, la Nature avait accompli un de ses miracles d'équilibre les plus fantastiques. La forme dernière de la bête était une construction ressemblant à une ruche, avec une coquille dure, *qui ne pouvait pas se déplacer.* Il était difficile de s'enfoncer dans la jungle de Mira sans tomber sur une de ces structures. Elles étaient partout, sur le sol et dans les arbres, au flanc des collines et dans les vallées... Partout où le jeune monstre se trouvait au moment de la métamorphose, là s'installait « l'adulte ». La dernière phase était courte mais prolifique. La « ruche » vivait uniquement des aliments qu'elle avait emmagasinés durant sa jeunesse. Comme elle était bisexuée, elle passait sa brève existence dans une extase continue de procréation. Cependant les petits n'étaient pas rejetés hors du corps. Ils s'incubaient à l'intérieur et, une fois la coquille morte, ils dévoraient ce qu'il restait de leur progéniteur. Ils se mangeaient aussi les uns les autres, mais ils étaient des milliers et le processus de la naissance était si rapide qu'une assez forte proportion trouvait encore le moyen de se frayer passage, tout en mangeant, jusqu'à la sécurité relative du dehors.

En de rares occasions, la coque extérieure ne se ramollissait pas assez vite pour que la progéniture échappe à son propre appétit d'ogre. Dans ce cas, le total des naissances était considérablement réduit.

Marenson n'eut aucune difficulté. Après avoir examiné attentivement les environs, il se mit debout... et resta prudemment immobile pendant qu'il procédait à un second examen prolongé. De cette façon, pas à pas, il se dirigea vers l'endroit où l'hélicar était posé, dans la petite clairière, un peu plus loin que le point où s'était écrasée la première machine.

Il y parvint et en quelques minutes se retrouva au camp. Clugy donna l'alarme à tout le personnel sur ses instructions. Puis Marenson prit un autre pilote – après des tests pour s'assurer que c'était bien un humain – et se rendit dans la lointaine bourgade de récréation. Des nouvelles l'y attendaient.

La bande des Yevds avait été prise. Janet avait eu des soupçons sur l'image de Marenson et avait adroitement aidé à sa capture. La police de sécurité avait ainsi été mise sur la piste et il lui avait été simple de remonter la filière jusqu'aux personnes mises en cause.

Marenson dut patienter encore une heure avant d'obtenir la communication avec Janet sur la planète Paradis. Il eut un soupir de soulagement en voyant apparaître son visage sur la visiplaque.

– Je me suis fait un fameux souci, lui dit-il, quand les Yevds m'ont dit que mon image comptait sur l'indifférence des couples mariés depuis longtemps. Evidemment, ils n'avaient pas compris pourquoi nous faisions ce voyage.

Janet était impatiente.

– Un vaisseau de la police s'arrêtera à Mira

demain, lui dit-elle. Embarque et viens ici le plus vite possible.

Elle ajouta :

– Je tiens à passer au moins la seconde partie de ma deuxième lune de miel avec mon mari!

HUMAINS, GO HOME!

1

– Tous les matins, dit Miliss, c'est le début du néant.

Ainsi, elle le quittait.

– Pas d'enfants, pas d'avenir, poursuivit-elle. Tous les jours sont pareils, et ne mènent nulle part. Le soleil brille mais je suis dans le noir...

C'était le prélude au chant de mort, pensa Dav. Ses muscles parfaits se tendirent. Ses yeux bleus, qui pouvaient voir et comprendre à de nombreux niveaux, s'embuèrent soudain. Mais ses lèvres et sa langue, infiniment souple – qui en son temps, et ce temps avait été très long, avait parlé une centaine de langages – ne laissèrent pas échapper une parole.

Il la regarda sans faire un geste pour l'aider ni une tentative pour l'arrêter, tandis qu'elle empilait ses affaires sur le véhicule qui les transporterait vers l'aile est de la maison. Ses toilettes, ses bijoux qui venaient de vingt planètes, ses oreillers spéciaux et autres articles de literie, les meubles rares

– chaque pièce était en elle-même un bijou – dans lesquels elle enfermait ses biens, ses clefs, simples ou électroniques, à sélecteur pour les relais énergétiques, et des modèles miniatures à combinaison qui donnaient accès au grand Réservoir des Symboles, tout fut bientôt prêt à être emporté.

– Qu'as-tu donc fait de ta courtoisie, de ta virilité coutumières, pour laisser une femme faire ce travail toute seule? lança-t-elle finalement.

– Ce serait folie de ma part de t'aider à me quitter, dit Dav d'un ton égal.

– Ainsi, toutes ces années de politesse, je les devais seulement à mon aliénation. Tu n'as pas de respect naturel pour les femmes... ni pour moi.

Elle lui hurlait ses accusations au visage. Dav sentit un frémissement au fond de son être, non à cause de ses paroles, mais de la colère avec laquelle elles étaient prononcées, de la spontanéité primaire de cette colère.

Il dit d'un ton net :

– Je n'ai pas l'intention de t'aider à me quitter.

C'était une façon de répondre à un comportement stéréotypé. Il lui fallait espérer que ces préliminaires à l'attrait de la mort seraient surmontés.

Ses paroles ne produisirent pas l'effet qu'il en attendait. Les joues claires de Miliss s'assombrirent graduellement, comme le jour qui s'avalait lui-même, à grands traits, différent de ces autres jours longs comme l'éternité. Et ses affaires, de toute évidence beaucoup plus nombreuses qu'elle ne l'aurait pensé, n'étaient toujours pas passées dans l'autre aile de la vaste demeure.

Plus tard dans l'après-midi, Dav fit remarquer que sa décision correspondait à un phénomène bien connu du métabolisme féminin. Il voulait simplement qu'elle admette le fait en toute logique et qu'elle l'autorise à lui administrer les drogues qui la ramèneraient à la raison.

Elle refusa d'écouter ses arguments et ses lèvres déversèrent un flot courroucé d'explications.

– C'est toujours la femme qu'on critique. Tout est de sa faute, jamais celle de l'homme. Les choses dont je dois me contenter, cela, ça ne compte pas...

Longtemps auparavant, quand elle était encore dans son état naturel, avant d'avoir reçu les premières injections qui la rendraient immortelle, les accusations qu'elle portait contre les hommes auraient pu se justifier. Mais cela remontait très loin dans le passé. Une fois son corps stimulé artificiellement, tout s'équilibrait grâce à un régime de drogues appropriées.

Dav trouva le livre qu'il cherchait à la bibliothèque, ayant abandonné son idée initiale de lui cacher le sérieux de son état. Marchant à ses côtés, il lui lut les paragraphes qui analysaient les passions qui avaient affligé la race humaine, l'avaient conduite à sa perte. Les pensées sombres qu'elle avait exprimées – et qu'elle mettait à présent en pratique – étaient décrites avec une telle précision qu'il se pencha vers elle et lui mit le livre sous les yeux, indiquant du doigt les phrases caractéristiques.

Miliss s'arrêta. Ses yeux, d'un gris-vert changeant, se rétrécirent. Elle pinça les lèvres, exprimant nettement sa résistance. Pourtant c'est d'une voix douce qu'elle demanda :

– Montre !

Elle tendit la main pour prendre le livre.

Dav le lui abandonna à contrecœur. Il décelait en elle une intention sournoise plus spontanée encore que sa colère. En quelques heures, elle semblait être devenue quelqu'un de plus simple, de plus primitif.

Aussi ne fut-il pas surpris lorsque, après avoir levé le livre au-dessus de sa tête, elle le jeta par terre derrière eux avec une exclamation inarticulée.

Ils étaient arrivés à quelques mètres d'une porte qui menait au corps de bâtiment qu'elle occupait. Dav, avec résignation, se baissa pour ramasser le livre, tout en sachant qu'elle gagnait rapidement la porte. Elle la franchit et la claqua bruyamment sur elle.

Ce fut le silence. Le crépuscule empourpra le monde de Jana et le soleil disparut enfin derrière les Monts Lisses. Alors, quand l'obscurité légère de la nuit étoilée se fut installée, Dav essaya successivement les quatre portes de communication entre les deux ailes de la maison. Elles résistèrent toutes les quatre, hermétiquement closes.

Le timbre d'un vibreur précipita Dav dans un jour nouveau. Pendant un bref instant, l'espoir que Miliss l'appelait lui serra le cœur. Mais alors que l'image se formait dans son esprit, déclenchant l'amplificateur de pensée le plus proche, il la repoussa. Et il apparut qu'il avait raison. Le timbre cessa et une image se forma sur l'écran du plafond. C'était celle d'un livreur qui attendait devant la porte d'entrée, un colis d'alimentation dans les bras.

Dav lui parla dans la langue de Jana et se glissa hors du lit.

Il ouvrit au jeune homme au long nez qui lui remit le colis en disant :

– Il y avait un message demandant d'apporter ça dans un autre endroit de la maison. Mais je n'ai pas très bien compris...

Dav hésita en pensant que le service d'espionnage, omniprésent sur Jana, se cachait probablement derrière ces mots. S'il donnait des explications, le renseignement serait immédiatement rapporté aux autorités. Non que la vérité dût être éternellement dissimulée à ces êtres, mais le temps de l'immortalité n'était pas encore venu pour eux.

Non plus que le temps de connaître les détails du désastre final, d'apprendre qu'en une période de quelques mois la quasi-totalité de la population humaine de la galaxie avait rejeté la vie, refusé d'absorber les drogues de prolongation. Par milliards, les gens s'étaient cachés pour mourir, sans se soucier de recevoir des soins.

Naturellement, quelques-uns d'entre eux avaient été capturés par des survivants terrifiés pour être traités de force. Mais cette solution s'était révélée désastreuse car les gens compatissants et charitables, en raison même de leurs sentiments empreints de désespoir, s'harmonisaient d'une certaine façon avec l'état psychique fatal de ceux qui étaient naturellement condamnés.

A la fin, il fut établi que les seuls survivants réels étaient les individus qui n'éprouvaient qu'un mépris cinglant à l'égard de ceux que l'on ne pouvait persuader d'accepter de l'aide. Un survivant plein d'un tel mépris pouvait parfois discuter avec certains sur un mode sarcastique... pendant un certain temps, en tout cas. Mais le forcer, certainement pas.

Debout sur le seuil de la porte de la grande maison où Miliss et lui avaient vécu plusieurs centaines d'années, Dav comprit que le moment était venu. S'il voulait se sauver lui-même, il fallait qu'il garde à l'esprit que ce que Miliss était en train de faire ne devait rien lui inspirer d'autre qu'un profond dégoût.

Il haussa les épaules et dit :

– Ma femme m'a quitté. Elle habite seule dans l'autre aile de la maison. Apportez tout cela devant la porte que vous trouverez au bout de l'aile est.

Il remit le colis entre les mains du Jana et lui fit signe d'y aller.

Le livreur prit le colis et fit un pas en arrière avec une répugnance visible.

– Votre femme vous a quitté? répéta-t-il enfin.

Dav hocha la tête. Il regretta vaguement, malgré lui, d'avoir fait cette révélation. Pour les mâles de Jana, la quête des femelles commençait tôt et se poursuivait jusqu'à un âge avancé pour ne cesser pratiquement qu'à leur mort. Jusqu'alors, la femme humaine avait été une femelle interdite qu'il n'était pas question d'approcher. Mais il ne faisait aucun doute que Miliss avait toujours inspiré un intérêt pervers aux Janas mâles.

Dans un sursaut de refus, Dav chassa de telles pensées. Il n'y attachait pas la moindre importance.

Un peu plus tard, le jour même, il l'aperçut dans la partie du jardin qui lui revenait, souple, toujours très belle, ne montrant aucun signe visible de détérioration. Apparemment – même au deuxième jour – elle était encore une jeune femme blonde immortelle. Il haussa les épaules à sa vue et tourna les talons, une moue méprisante aux lèvres, et à l'esprit l'idée qu'elle n'était pas vraiment humaine.

Elle ne pouvait pas raisonner.

Plus tard encore, quand la nuit fut tombée, il se munit des diverses clés pour tester les points d'ignition du Grand Réservoir des Symboles. Quand cela fut fait, il monta jusqu'au sommet de la colline, d'où il pouvait voir la longue bâtisse blanche. L'éclairage nocturne révélait le jardin et faisait miroiter la rivière qui s'étirait à l'autre bout de la propriété. Mais rien ne bougeait alentour. Le silence baignait la demeure familière, vieille de plusieurs siècles.

Elle lui parut soudain trop calme. Comme si elle était vide. La maison elle-même était totalement plongée dans l'obscurité, les deux ailes pareillement.

Surpris mais sans inquiétude, dans la mesure où il était lui-même en sécurité et que Miliss ne comptait pas puisqu'elle était condamnée de toute façon, Dav se hâta de redescendre la colline. Il essaya d'abord d'ouvrir une porte située dans l'aile de Miliss. Elle n'était pas verrouillée.

Il reçut soudain le choc d'une pensée amplifiée. Miliss s'adressait à lui mentalement :

Dav, j'ai été arrêtée par Jaer Dorrish et l'on m'emmène pour être incarcérée dans une prison militaire. J'ai l'impression qu'il s'agit d'une manœuvre du clan Dorrish pour s'emparer du pouvoir et que c'est en rapport avec l'absence de Rocquel, qui est parti maintenant depuis un an. C'est tout...

C'était un message succinct, aussi impersonnel

que sa propre réception. Elle lui avait communiqué des faits. Son message ne contenait aucun appel, ne sollicitait aucune aide.

Dav demeura immobile. Il forma l'image mentale du sardonique Jaer Dorrish et, plus vague, celle de Rocquel, le chef héréditaire des Janas, disparu depuis un peu plus d'une année jana. Une année jana correspondait à trois cent quatre-vingt-douze jours et quelques heures.

Il se sentait opposé à Jaer, bien sûr... En un sens, il désirait le retour de Rocquel, à l'esprit inflexible. Les usurpateurs étaient habituellement à l'origine de troubles et d'ennuis. Mais si cela devait se produire, personne n'y pouvait rien. En sa qualité de Gardien des Symboles, les Janas constituaient pour lui un problème. Mais, pris en tant qu'individus, ils étaient à vrai dire sans importance. Pourtant, il avait bien aimé Rocquel. Et il aimait bien sa femme... sa veuve?

Nerda.

– *Il faudra que je voie ça demain matin...*

2

En arrivant, Rocquel perdit à demi conscience. Il demeura quelques secondes sans bouger, allongé dans l'herbe baignée d'ombre. Le jour était levé, mais depuis peu. Il s'en rendit compte lorsqu'il se redressa pour se relever. Il apercevait le palais entre les arbres qui peuplaient le vaste parc qui entourait la bâtisse.

Il resta un instant immobile, la tête rejetée en arrière, aspirant à grands traits l'air de sa planète natale. Son absence d'un an lui avait semblé longue. Il s'était passé tant de choses. Pourtant, le ciel de Jana et ses collines, qu'il avait tant parcourues dans sa jeunesse passée, semblaient inchangés. Ici, durant son absence, au cours des journées terribles qu'il avait vécues, le temps avait accompli son œuvre, sculpteur lent et précis. Une brise légère caressa le visage de Rocquel tandis qu'il se mettait lentement en marche vers la route, visible à travers les premiers arbres. La route qui le conduirait à son palais.

Fait incroyable, ce fut seulement en arrivant à une centaine de mètres du bâtiment qu'il vit surgir un mâle de derrière un bouquet d'arbres. Rocquel le reconnut aussitôt. C'était Jaer Dorrish. Jaer était grand et fort, plus grand que Rocquel, beau, le teint basané. Ses yeux se rétrécirent et il parut rassembler toute son énergie.

Il dit avec arrogance, comme s'il s'adressait à un intrus :

– Que faites-vous ici... étranger?

Rocquel s'avança d'un pas décidé. On lui avait recommandé de reprendre son ancienne position avant de révéler les nouveaux aspects de sa personnalité. Le conseil était superflu – il en avait la certitude, face au comportement sournois d'un individu qui faisait semblant de ne pas le reconnaître.

Quant à la question de savoir ce que faisait un membre du clan Dorrish sur les terres de Rocquel à une heure aussi matinale – ou à demeure – il s'en occuperait plus tard. Pour l'instant, le refus de reconnaître son identité était grandement significatif.

– Réfléchissez, Jaer, dit Rocquel. Me voulez-vous pour ennemi ?

Cette fois, Jaer Dorrish montra une parfaite compréhension de la situation.

– Par Dilit ! exulta-t-il. Je vous ai pris sans armes !

Il tira son épée d'un mouvement lent et égal et se mit à tourner autour de Rocquel ; il ne semblait pas totalement convaincu qu'il lui suffisait de bondir et de frapper. Son regard jaugeait la situation de Rocquel.

Rocquel recula et pivota sur lui-même. Il s'immobilisa à l'endroit précis où s'était tenu Jaer. Il lui fallut quelques instants pour localiser avec précision le Symbole mû par l'énergie invisible Tigane qu'il avait activé à l'instant où il avait aperçu Jaer. Il tâta précautionneusement du bout du pied le corps penché en arrière pour résister à l'attraction du Symbole. Il éprouva un picotement désagréable à la jambe, comme si quelque chose de très puissant s'agrippait à lui, mais sans pouvoir l'atteindre tout à fait, s'accrochant seulement aux fils de ses vêtements, sans pouvoir assurer une bonne prise. A deux reprises, il essaya de se dégager par une secousse. Il put bientôt marcher sur le sol irrégulier sans ressentir d'autres réactions.

Il était déjà hors de danger quand Jaer se mit à rire et remit son épée au fourreau.

Le grand mâle dit avec arrogance :

– S'il n'y a pas menace, il ne peut y avoir merci. Voyez-vous, Rocquel, je m'attendais à ce que vous reveniez aujourd'hui. J'avais placé des observateurs qui ont surveillé le terrain toute la nuit, afin que je puisse avoir cette confrontation avec vous. (Une grimace de triomphe déforma ses traits.) J'en conclus que c'est à moi que vous devez votre retour. Hier, en effet, j'ai arrêté Miliss, la femme humaine, et ce matin vous voilà, exactement comme je l'avais prévu. Une intuition soudaine. Vous avez énormément d'explications à fournir... monsieur.

Jaer, visiblement, jubilait. Il fit un signe à quelqu'un qui se trouvait derrière Rocquel. Le geste lui rappela de se tenir sur ses gardes. Au cours de sa manœuvre prudente de défense, il s'était retourné et il avait à présent le palais dans son dos. Finalement, il jeta un regard circonspect par-dessus son épaule et aperçut Nerda qui s'approchait.

En arrivant près d'eux, elle dit :

– Tu n'étais pas réellement en danger, n'est-ce pas? Cela se devinait à ton attitude.

– Non, répondit Rocquel.

Il s'approcha d'elle et elle ne résista pas à son baiser. Elle aurait pu tout aussi bien le faire : ses lèvres étaient glacées et inertes. Son corps passif ne répondit pas à son étreinte.

Il recula, le front plissé. Une colère ancienne contre cette jeune femelle glaciale monta en lui, le remplissant d'amertume.

– Le diable t'emporte! dit-il. Tu n'es pas contente de me voir?

Nerda, pour toute réponse, se contenta de lui adresser un regard froid.

– J'oubliais, dit Rocquel, piqué au vif. J'interromps une période de tranquillité qui a dû te combler de joie. Il est toujours difficile pour un mâle de se rappeler que les femelles janas n'éprouvent pas d'émotions.

Sa femme haussa les épaules.

Rocquel l'examina, plus curieux qu'hostile à présent. Comme toutes les femelles de Jana, elle était d'une froideur distante à l'égard du mâle. Il l'avait épousée selon la coutume : son père l'avait conduite à la demeure de son mari. Elle lui avait donné par la suite un fils et une fille mais, suivant la tradition femelle de Jana, elle avait continué de le traiter comme un intrus dans sa vie – quelqu'un qu'il lui fallait tolérer mais dont elle ne se souciait pas exagérément.

Rocquel lui lança un regard jaloux.

– Et que fait Jaer ici?

La question amena une réponse.

– Je pense qu'il a déjà expliqué les raisons de sa présence. Plutôt que de l'entendre à nouveau, je préférerais avoir des explications sur ton absence.

Rocquel rejeta cette idée.

– Venez, dit-il d'un ton brusque, entrons au palais.

Il y avait des choses à faire. La nouvelle de son retour allait se répandre rapidement. Il ne fallait pas laisser trop de temps à ceux qui contrôlaient le Conseil pour décider ce qu'il convenait de faire à son sujet. Il y aurait des régents, des généraux et leurs aides de camp pour être dépités par le retour du chef héréditaire de l'armée. Avant la tombée de la nuit, il fallait qu'il soit à nouveau reconnu comme étant habilité par la loi et apte à tenir le sceptre.

Il prit doucement le bras de Nerda. C'était un geste calculé. Il désirait entrer dans le palais à ses côtés; sa présence à son bras cautionnant en quelque sorte son identité. Une année était une longue période de temps sur Jana. Et les mâles en particulier y avaient la mémoire courte. Il n'aurait pas mieux réglé son arrivée s'il avait tout arrangé lui-même.

Rocquel fit sonner le tocsin pour son arrivée à l'entrée du poste de garde principal. Quelques minutes plus tard, la garde et la domesticité du palais étaient alignées sur cinq rangs de cent individus chacun. Il s'adressa à eux de sa voix de baryton la plus pénétrante, se rappelant au souvenir des hommes les plus âgés, invitant les plus jeunes à détailler son visage et sa silhouette. Il voulait qu'ils soient capables de l'identifier en toutes circonstances.

Il se sentit un peu mieux quand ce fut fait et que chacun eut regagné son poste. Mais un peu mieux seulement. On pouvait s'adresser aux gardes et aux serviteurs comme à des enfants, mais pas aux officiers. Ni aux nobles.

Il avait une attitude nouvelle envers ces gens, une attitude de supériorité, quoique dépourvue de condescendance. C'était des êtres simples. Il comprenait maintenant la rapidité avec laquelle Dav et Miliss avaient précipité les Janas dans la civilisation. Par un système d'approximations successives qui s'efforçait de prendre chaque homme pour ce qu'il était en réalité.

Les classes inférieures étaient soumises à des tests faciles. Ceux qui montraient ne fût-ce qu'un minimum d'aptitudes pratiques étaient vite intégrés à des chaînes de montage où ils n'avaient qu'une seule manœuvre à accomplir, puis deux, puis quelques-unes, mais jamais beaucoup. Depuis des décennies maintenant, un certain nombre de mécaniciens étaient sortis du rang pour constituer une nouvelle classe, celle des ingénieurs.

Les officiers et les nobles étaient d'une espèce toute différente. Vifs à ressentir l'offense, ils étaient imperméables à tout sinon aux notions les plus élémentaires de l'éducation. On les avait persuadés que c'était un signe de distinction que de savoir lire et écrire mais ils n'avaient jamais été totalement convaincus. Si cela était vrai – faisaient-ils remarquer en ricanant – pourquoi apprenait-on aussi à lire et écrire aux classes inférieures? Leur attitude infiniment obstinée avait abouti à la création d'un langage écrit différent à l'usage du peuple, un langage que les classes supérieures méprisaient, avant que les nobles ne se décident de mauvaise grâce à envoyer leurs enfants à l'école, mais des écoles spéciales et séparées.

Rocquel pensa qu'il serait judicieux d'annoncer son retour à la noblesse à l'occasion d'un dîner d'hommes qui serait donné dans la vaste salle de réception qui jouxtait l'immense salle d'armes du palais.

Dans le milieu de la matinée, Dav jugea qu'il pouvait adresser un appel téléphonique à Nerda. Il y eut une longue attente. Finalement, un aide de camp vint au bout du fil.

Il déclara d'un ton solennel :

– La reine me charge de vous informer que son seigneur, Rocquel, est revenu. Etant donné qu'il va dorénavant représenter la puissance des forces armées, le fait pour elle de vous parler pourrait être mal interprété en ce moment. C'est tout, monsieur.

Dav raccrocha, surpris. Le grand Rocquel était de retour. Où était-il allé?

Le général héréditaire avait toujours été avant tout un mâle. Tous ses gestes, tout son être exprimait une violence tranquille, une masculinité puissante, inhumaine. Il semblait que le retour du maître redoutable de Jana fût pour Miliss une coïncidence malheureuse. Dav devina que si une lutte pour le pouvoir devait avoir lieu, Miliss pourrait bien en être la première victime.

Après quelques instants de réflexion, Dav composa de nouveau le numéro du palais et demanda Rocquel.

Une fois de plus, il dut attendre.

Puis un autre aide de camp vint à l'appareil et lui dit :

– Son Excellence le Seigneur-Général Rocquel me charge de vous informer qu'une nouvelle loi sera promulguée demain au Conseil. Il vous invite à assister à la réunion du Conseil qui se tiendra au rendez-vous des Monts Lisses.

Au dîner, ce soir-là, Rocquel se sentit mal à l'aise. Il avait oublié l'extrême brutalité de ses pairs, ou du moins, le souvenir s'en était estompé. Un vacarme de cris et de plaisanteries grossières commença à s'élever dès l'arrivée des premiers mâles. Les nouveaux arrivants ne faisaient qu'ajouter au pandémonium. Il y eut une brève accalmie à l'arrivée des plats. Couteaux et fourchettes cliquetèrent. Puis des mâles se mirent à lancer des insultes d'un type particulier et recevable d'un bout à l'autre de la table, des plaisanteries mettant en doute les prouesses sexuelles de l'un ou de l'autre. Remarques qui déclenchaient bien sûr éclats de rire et vociferations et toutes sortes de défis de la part des spectateurs.

Mais les plaisanteries touchaient des points sensibles et soudain un mot se révélait irrecevable. Un mâle outragé se dressait comme un dard et demandait rageusement réparation. Un moment plus tard, les deux nobles, s'invectivant de plus belle, s'élançaient vers la salle d'armes et ajoutaient le cliquetis de leurs épées à celui des dizaines d'autres qui s'y trouvaient déjà.

Bientôt, un cri d'humiliation annonçait que le premier sang avait coulé. La coutume voulait que, en la présence de Rocquel, le mâle touché en premier acceptât de reconnaître sa défaite. Une telle acceptation effaçait en principe l'offense. Mais le vaincu, qui se sentait lésé, pouvait fort bien demander ultérieurement réparation à son adversaire, à condition de rester hors des limites du palais.

Ce fut à un groupe de forcenés que Rocquel demanda le silence quand le repas fut achevé. Quand il l'eut obtenu, il donna de son absence l'explication qui lui avait été suggérée; une année de retraite de caractère religieux, de vagabondage au milieu du peuple, une période de recherche de soi-même et de total altruisme, une abdication temporaire du pouvoir entièrement délibérée.

Il conclut ainsi son récit fabriqué de toutes pièces :

– J'ai vu les gens du peuple dans leur vie quotidienne, j'ai vécu parmi eux, survécu grâce à leur générosité, et je peux affirmer que le monde de Jana est un monde plein de dignité et qui mérite notre estime.

Une ovation prolongée accueillit ses paroles. Mais il connut un moment difficile quand, après son discours, il rejoignit la salle d'armes où ses hôtes s'étaient rassemblés.

Une voix grinça près de son oreille : « En garde, sire! »

En comprenant qu'on le provoquait, Rocquel resta un instant interloqué.

Il fit volte-face dans un réflexe de défense automatique et tira son épée. La lame flamboya avant qu'il ait vu que celui qui le défiait n'était autre que Jaer Dorrish.

Rocquel se mit en position et attendit, interrogeant du regard les yeux sombres de son adversaire où brillait une lueur cynique.

Le vacarme s'apaisa dans la pièce, les mâles s'apercevant les uns après les autres de ce qui se passait. Et, de la mer de visages qui les entourait, la voix d'un officier de haut rang s'éleva :

– Jaer, avez-vous oublié? Si vous défiez la couronne, vous devez exposer vos raisons. Et ces raisons doivent être acceptables pour la majorité ici présente.

– La raison, répondit Jaer de son ton posé, c'est l'histoire qu'il a racontée quant à ses activités de l'an passé...

L'officier qui était intervenu s'avança. Sévère, la quarantaine, le regard perçant.

– S'agit-il d'un malentendu ou rejetez-vous les explications en bloc?

Le silence s'était installé et les mots se répercutèrent sous la voûte de l'immense salle d'armes. La question arrêta visiblement l'élan de Jaer. L'expression de son visage montra qu'il comprenait qu'une récusation totale de la parole de Rocquel entraînerait un combat à mort.

Abruptement, il se mit à rire et remit son épée au fourreau.

– Je pense que je solliciterai un entretien privé pour avoir quelques éclaircissements. Si Rocquel estime alors que ce que j'ai à dire constitue un défi, nous nous battrons. Peut-être demain. (Il s'approcha de Rocquel et ajouta insolemment à voix basse :) Votre Excellence, la coïncidence entre votre retour et l'arrestation de Miliss demande une explication. S'il n'y a aucune relation entre les deux faits, vous n'aurez naturellement aucune objection à formuler concernant mes projets de me débarrasser d'elle.

Rocquel dit d'un ton égal :

– Si vous agissez conformément à la loi...

– La loi est la décision du Conseil, répliqua Jaer avec arrogance. Puis-je avoir votre parole que vous n'interviendrez pas?

– Il y aura une nouvelle loi, dit Rocquel. Dans le cadre de cette loi... je n'interviendrai pas.

Il s'éloigna, laissant Jaer, le front plissé et, sur ses lèvres pincées, une question informulée au sujet de la « nouvelle loi ». Rocquel lut dans son esprit qu'il s'occuperait de la femme humaine cette nuit même, qu'il la contraindrait avant qu'une loi protectrice ne soit votée.

Pourtant, lorsque Jaer quitta l'assemblée quelques minutes plus tard, Rocquel ne pouvait être certain d'avoir bien lu.

Nerda attendait Rocquel quand il rentra. Il était en retard, très en retard. Dès qu'il eut pénétré dans la pièce et qu'il l'eut saluée, elle se retira dans son cabinet de toilette et commença à se préparer pour la nuit. Il regarda son ombre à travers le verre translucide de la porte. Un regret le traversa en pensant qu'il aurait dû lui donner l'autorisation de se retirer sans attendre son retour.

Mais il rejeta aussitôt l'idée d'une pareille indulgence. D'après la loi de Jana, une épouse ne devait pas se dévêtir pour la nuit tant que son mari ne lui en avait pas donné la permission. Elle pouvait s'allonger, mais à condition de rester habillée. Elle pouvait même dormir, bien que cela ne fût pas bien vu. Il ne lui était permis d'aller se coucher qu'avec l'accord écrit de son mari ou si un médecin déclarait par écrit ou en présence de témoins qu'elle était souffrante.

Les règles paraissaient dures, mais Rocquel avait lu les documents d'archives contenant les résultats d'études du comportement des femelles de Jana avant l'établissement des lois sévères. Et la question ne se posait même pas. Les femelles de Jana ne s'unissaient aux mâles que contraintes et forcées. Une femelle laissée à elle-même serait rapidement partie pour vivre seule et serait demeurée solitaire toute sa vie.

Les faits avaient été consignés par des historiens stupéfaits qui avaient cité des noms et des lieux. La véracité des expériences tentées par le passé en vue d'accorder la liberté aux femelles était attestée par des personnages célèbres de l'histoire de Jana. Aucune raison ne justifiait le renouvellement de l'expérience aux temps modernes.

Les femelles de Jana étaient dépourvues d'instinct maternel et détestaient particulièrement leurs rejetons mâles. Il était affligeant de lire certains commentaires formulés par les femelles de l'époque de la tentative d'affranchissement :

Un enfant mâle deviendra forcément un jour ou l'autre l'être le plus détestable qui soit : un mâle de Jana. Et tous les charmants attributs enfantins qu'il peut avoir ne sont qu'illusion...

Une femelle était même favorable à l'extinction de la race – puisque sa persistance impliquait la survie des mâles, ce à quoi elle était « totalement opposée ».

Que pouvaient faire les mâles, confrontés à de telles femelles?

Ils avaient fait ce qu'ils devaient.

Les lois étaient aussi justes et bienveillantes qu'elles pouvaient l'être. Une femelle avait le droit de se plaindre si elle subissait de mauvais traitements et était immédiatement entendue en justice. L'Etat ne répugnait devant aucune dépense quand il s'agissait de la protéger contre un mari brutal.

En échange, on lui demandait de faire son devoir envers son mari et ses enfants. Etant donné son absence totale de sentiments dans l'accomplissement de ses fonctions d'épouse et de mère, les détails en étaient exactement définis par la loi.

Il était évident que le général héréditaire ne pouvait enfreindre même légèrement ce qui était établi par la coutume ou la loi. Nerda se coucha et il lui donna aussitôt l'autorisation de dormir.

Apparemment, elle s'endormit immédiatement.

3

Une clé tourna dans la serrure. Miliss ne s'était pas déshabillée. Elle se dressa sur sa couchette grossière et regarda avec curiosité la silhouette munie d'une lampe torche qui poussa la porte et pénétra dans sa cellule.

A sa taille, elle devina son identité. Mais ce ne fut que lorsqu'il eut braqué le rayon lumineux sur son propre visage qu'elle reconnut vraiment Jaer Dorrish.

Son visage, comme celui de tous les mâles janas était trop long, mangé par un nez trop grand. La peau était lisse et cuivrée.

Miliss n'éprouva aucune répulsion en le voyant.

Au moins, pensa-t-elle, les Janas constituaient-ils une race franchement humanoïde et, eu égard au sort qu'elle devinait, c'était un soulagement. Il ne lui vint pas à l'idée de formuler dans son esprit l'image mentale qui déclencherait un amplificateur de pensée dans la maison où Dav et elle habitaient – elle n'avait aucun secours à attendre du cerveau rigide de Dav, estima-t-elle.

Mais elle avait sa propre idée. Parfaitement adaptable à cette situation. Elle avait mûri en elle au cours de la journée. Le mâle traversa vivement la cellule en direction de la couchette.

Elle dit précipitamment :

– J'ai réfléchi à ce que vous m'avez dit la nuit dernière, quand vous m'avez prédit que mon arrestation provoquerait le retour de Rocquel. Et c'est arrivé. Il est revenu.

Jaer s'arrêta net. Il ne répondit pas. Elle retint sur le bout de la langue les paroles qu'elle s'apprêtait à ajouter.

Miliss était stupéfaite. Elle était extrêmement sensible à des petits signaux. Jaer Dorrish s'était avancé avec l'arrogance propre aux mâles de Jana, tout son être vibrant de la certitude qu'il ne serait pas repoussé.

Et maintenant, il demeurait immobile. Et son maintien exprimait l'incertitude.

– Quelque chose ne va pas? demanda Miliss.

Le silence s'épaissit et elle sentit des émotions plus obscures. Elle était étonnée. Les mâles de Jana avaient la réputation de faire preuve d'un humour glacial très caractéristique dans ce genre de situation. Mais l'humour et le savoir-faire supposaient l'usage de la parole, pas le silence.

Durant cette étrange pause, où le temps parut suspendu dans la cellule, elle prit conscience de la nuit et de la prison. Il y avait eu un temps où les prisons n'existaient pas sur Jana. Il n'y avait que les camps où l'on gardait les « ennemis », avant leur exécution.

Sur Jana, depuis des millénaires, plus qu'elle ne pouvait s'en souvenir, les gens avaient été ou tolérés ou exécutés. Il n'avait jamais existé d'état intermédiaire. La prison dans laquelle elle se trouvait et d'autres, identiques, étaient une grande victoire remportée par ceux qui prônaient une attitude moins rigoureuse.

Aussi les bruits des vies qui l'entouraient encourageaient-ils Miliss. Elle entendait des cliquetis de métal, des mâles janas qui se râclaient la gorge au loin, ou grognaient dans leur sommeil, et de temps en temps, l'écho de voix lointaines. Ces bruits provenaient des nombreux prisonniers. La prison Numbrid était vaste. Elle était remplie de gens qui attendaient d'être traduits devant les tribunaux et qui n'étaient pas sujets, comme cela avait été autrefois le cas, à la fureur et à l'arbitraire de quelque noble intolérant.

Un sentiment de réussite envahit Miliss. Dav et elle avaient apporté la civilisation à ce peuple.

Finalement, Jaer parla.

– J'ai eu une intuition soudaine, dit-il, et je suis en train d'en avoir une autre.

Une certaine tension se devinait derrière son ton posé. Et elle comprit que la situation évoluait légèrement à son avantage. D'une façon ou d'une autre, elle était moins dangereuse qu'auparavant. Le mâle était réellement troublé.

Par quoi?

Miliss entreprit de poursuivre sa première idée.

– Vous ne pouvez rien dire d'autre à propos de la coïncidence entre votre prédiction et le retour de Rocquel?

– Je continue à m'interroger à ce sujet, dit-il.

La menace passa de nouveau dans sa voix. Elle dit vivement :

– Ne voyez-vous pas l'impossibilité d'une intuition que rien ne soutient?

Pendant un moment de tension, dans l'intimité inflexible de la cellule, dans l'obscurité trouée seulement par un rayon lumineux qui parfois s'orientait vers elle, parfois vers les barreaux et, par instants, vers Jaer lui-même, elle pensa qu'il allait écarter le sujet en se rendant à la raison, mais les nobles de Jana, estima-t-elle avec accablement, n'atteignaient pas au niveau de sa logique rigoureuse. L'attitude de Jaer lui disait qu'il acceptait son intuition.

Pendant un long moment, il demeura immobile et silencieux, et elle sentit la peur grandir en elle.

– Il n'y a qu'une seule explication, dit-il lentement, Rocquel est demeuré caché chez vous durant toute son absence.

– Non. C'est absolument faux. Si vous agissez en fonction de cette supposition, vous êtes en danger.

– En danger?

– Une force cachée est en action. Elle peut vous frapper si vous l'ignorez. En fait, elle a déjà probablement frappé... sinon, comment pourriez-vous avoir deux intuitions?

– Vous essayez de me faire peur, dit Jaer d'un ton sec. Mais un mâle de Jana ne connaît pas la peur.

– Mais il peut réfléchir au meilleur moyen d'avoir la vie sauve, riposta Miliss. Du moins... (Elle ne put retenir la remarque amère :) C'est toujours ce que font les mâles que je connais.

Le silence retomba dans la cellule. La lumière s'éteignit. Au milieu de l'obscurité et du silence, elle formula ce qui lui semblait être la seule explication possible.

– Ce qui s'est passé signifie que vous avez été programmé, dit-elle.

– Programmé? Je ne vous comprends pas.

– Il est impossible que vous ayez pu avoir une seconde intuition majeure, sauf si quelqu'un l'a préalablement installée dans votre esprit sous hypnose mécanique.

– Je l'ai eue à l'instant. Elle vient de moi.

– Non, en fait, on vous manipule. (Elle s'interrompit brusquement.) Vous ne comprenez donc pas qu'en tant que noble jana, il vous était impossible de prédire de vous-même que mon arrestation aurait pour conséquence le retour de Rocquel? C'est une prédiction trop radicale et exceptionnelle. Et pourtant elle s'est réalisée. Et maintenant vous en feriez une autre? C'est impossible.

Il resta encore une fois silencieux. La lampe torche se ralluma, le faisceau lumineux s'inclina fortuitement et éclaira le visage sombre, les yeux rétrécis, la lèvre supérieure relevée. De toute évidence, il agitait des pensées déplaisantes, calculatrices.

Abruptement, il demanda :

– Pourquoi vous êtes-vous séparés, vous et Dav?

Miliss, après une hésitation, répondit :

– Il adoptait tous les jours un peu plus les comportements des mâles de Jana et me traitait comme ils traitent leurs femelles. Il y avait des années que j'en avais assez mais nous étions les deux seuls êtres humains ici, les derniers de notre espèce dans cette partie de l'univers. Aussi ai-je essayé de prendre mon mal en patience, comme les femelles de Jana le font depuis si longtemps...

Ce n'était pas tout, en réalité. Il lui était souvent venu à l'esprit que les accès de découragement qui l'avaient envahie à propos de Dav pouvaient être en fait la manifestation du désir de mort qui avait anéanti la race humaine. Elle avait lutté contre son amertume grandissante jusqu'au jour, pas si lointain, où elle avait eu une intuition entièrement personnelle.

Les mâles humains avaient toujours été aussi vicieux que les Janas. Mais les femmes humaines, avec leur instinct maternel à satisfaire, avaient dû perpétuellement transiger avec ces êtres égotistes qu'étaient les hommes. Le besoin de maternité avait, par bonheur, tendu un voile pour les hommes et la race tout entière, sur la conscience qu'avaient les femmes de la nature bestiale de leurs compagnons.

Forte d'une telle clairvoyance, quitter Dav n'était plus qu'une question de temps, celui de repenser ses raisons et de se convaincre elle-même complètement.

La voix de Jaer s'éleva, menaçante :

– Je n'ai eu ma première intuition qu'après vous avoir arrêtée. J'ai eu la seconde en votre présence. Ainsi vous me faites ça, à moi. Par Dilit, femme...

Miliss répondit précipitamment :

– Dites-moi quelle était votre seconde intuition.

Quand il la lui eut rapportée, elle répondit :

– Mais, c'est ridicule! Que voulez-vous que cela me fasse?

Jaer dut reconnaître sa logique. Il resta immobile.

Après un long moment, il dit lentement :

– J'ai eu les deux en votre présence. C'est donc que quelqu'un sait que je suis ici.

Son attitude exprimait un sentiment de malaise. La notion de danger pénétrait visiblement sa conscience. Miliss sentait qu'elle reprenait l'avantage.

– Ce qui est incompréhensible, dit-elle, en ce qui concerne les intuitions, c'est que je détecte que vous poursuiviez en m'arrêtant un but purement personnel. Vous y avez vu la possibilité de prendre le pouvoir et, simultanément, celle de m'avoir pour maîtresse...

– Silence, femme! dit-il d'une voix inquiète. Je n'ai jamais brigué le trône – ce serait une trahison. Je ferais mieux de me retirer avant de me livrer sur vous à des voies de fait qui ruineraient ainsi toutes les chances que j'ai de vous confondre devant la cour. Mais ne croyez pas que j'en aie terminé avec vous.

La lumière s'éteignit. Des pas rapides résonnèrent. La porte s'ouvrit et se referma avec un bruit métallique.

Elle l'entendit s'éloigner le long du couloir. Et elle se rendit compte qu'elle était presque aussi secouée que lui.

La deuxième intuition, pensa-t-elle, *est complètement insensée...*

Mais, pour la première fois depuis de nombreuses années, elle eut beaucoup de mal à trouver le sommeil.

4

Le lendemain.

Peu après le coucher du soleil, les membres du Conseil commencèrent à arriver au lieu de rendez-vous, au pied des Monts Lisses, à dix kilomètres à l'ouest de Numbrid, chevauchant leurs motocycles. Au moment où Rocquel fit son apparition sur sa nouvelle machine, Dav et huit mâles de haut rang se trouvaient déjà là. L'humain était appuyé sur son engin à l'arrêt mais les nobles, visiblement impatients d'ouvrir leur périlleuse réunion motorisée, faisaient pétarader leurs moteurs.

Rocquel fut accueilli par un certain nombre de remarques insultantes mais néanmoins empreintes de bonhomie à propos de sa grosse machine. Il riposta en ricanant, se moquant des conducteurs trop prudents montés sur des engins de petit calibre. Des perfectionnements techniques étaient intervenus depuis un an et, curieux, il jeta çà et là des regards de spécialiste à la monture de chacun des membres du Conseil pour estimer ce qui avait évolué en son absence.

Les motocycles destinés à affronter les Monts Lisses étaient comme toujours des engins petits, robustes et légers. Mais Rocquel nota que trois d'entre eux étaient plus petits que dans son souvenir – pas plus de 100 cm^3, peut-être 90 ou 80, comparés à sa propre machine de 175 cm^3.

Il interrogea les trois propriétaires. Il obtint des réponses pleines de vantardises, mais soudain Jaer Dorrish et un officier d'aviation au regard sournois démarrèrent dans un rugissement de moteurs emballés et attaquèrent sur leur coursier de métal la première montée.

Jaer claironna :

– La séance est ouverte!

Un certain nombre de nobles poussèrent des cris sauvages, lancèrent leurs moteurs et entreprirent de lui donner la chasse.

Dav démarra à son tour et prit la queue du peloton.

Un instant plus tard, tout le monde était en route, le Conseil Suprême de Jana tenait séance.

Autrefois, avant l'invention des engins motorisés, un roi avait imaginé de participer aux réunions du Conseil en chevauchant un mesto, animal haut sur pattes qui avait été domestiqué. Les mestos étaient des créatures dangereuses, rusées, qui cherchaient par tous les moyens à renverser leur cavalier. La monte des mestos était donc très recherchée. Mais ils ne pouvaient pas parcourir de grandes distances ni gravir les magnifiques pentes des Monts Lisses.

Tout d'abord, les nobles roulèrent à un rythme régulier, inégalement espacés, escaladant les sommets et dévalant les pentes, sautant bosses et crêtes, s'élançant à toute allure dans les passages sans obstacles, polis comme du verre et durs comme de l'acier. Rocquel remonta jusqu'à la hauteur de Jaer et entreprit de rouler aux côtés de l'engin d'un vert étincelant du grand mâle.

– Quel est l'ordre du jour? hurla-t-il.

Jaer cria une réponse où se détachait le nom de Miliss. Il fit un geste cinglant, la main levée comme un glaive et découvrit ses dents en un sourire grimaçant. Il hurla :

– Je propose que cette femme soit mise à mort.

– Pour quel motif? demanda Rocquel, surpris.

La suggestion de Jaer était discourtoise, étant donné la présence de Dav à la réunion. Mais peut-être Jaer n'avait-il pas encore aperçu Dav.

A mesure que le jour avançait, il apparut que son ignorance de la présence de Dav ressemblait de moins en moins à une coïncidence. Peut-être l'extrême attention qu'il portait à Miliss et à la nouvelle loi expliquait-elle son attitude envers l'humain.

Dav s'attendit à une crise lorsqu'il apprit ce qui

était inscrit à l'ordre du jour et dès qu'il connut la nouvelle loi.

La loi proprement dite ne requérait pas d'explication spéciale en ce qui le concernait. C'était lui qui avait proposé l'idée d'une monarchie constitutionnelle à un Rocquel réticent. Cela se passait un an auparavant, et dès le lendemain, le puissant dirigeant disparaissait pour accomplir une prétendue retraite religieuse.

Il était de retour à présent, et favorable à l'idée de Dav.

Mentalement, Dav déclencha un amplificateur de pensée qui activa à son tour l'un des Symboles.

Le Symbole d'une monarchie constitutionnelle.

Cela fait, il réfléchit avec un certain amusement au projet d'exécution de Miliss. Il était assez drôle que Jaer eût projeté de faire passer en jugement une personne déjà condamnée.

Devait-on le lui dire?

Mais quand Dav finit par rejoindre le groupe motorisé, la crise survint si rapidement qu'il n'eut pas même le temps d'aborder le sujet.

Les membres du Conseil firent halte à trois mille mètres d'altitude, à l'entrée d'une vaste caverne. Là, les grands nobles de Jana, moteurs au ralenti, avalèrent, sans quitter leurs selles, leur petit déjeuner.

Rocquel entendit un son inquiétant, comme un rugissement retenu, jailli du fond de la gorge de Jaer. Il pivota sur sa selle et aperçut Dav qui ralentissait en arrivant à la hauteur du groupe puis s'arrêtait.

Jaer, qui se trouvait à côté de Rocquel, poussa un grondement et bondit en avant.

Ce soir-là, lorsque Rocquel eut fait à Nerda le récit des événements, il lui demanda avec curiosité :

– Que penses-tu qu'il soit arrivé à Jaer? Tu connais mieux que quiconque les possibilités de Dav.

Les conversations entre eux étaient rares. La loi ni la coutume ne l'obligeait à lui adresser la parole dans la mesure où elle accomplissait ses devoirs conjugaux. Il ne fut donc pas surpris par son mutisme. Mais il déduisit de son expression pensive qu'elle considérait la chose et qu'elle lui donnerait une réponse à un moment ou à un autre.

Mais ce ne fut que le lendemain matin qu'elle répondit.

– Un Symbole, dit-elle alors, ainsi que Dav l'a décrit, représente une chose réelle ou une pensée, mais n'est en soi ni la chose ni la pensée...

Rocquel attendit, avec le sentiment désagréable qu'il se trouvait en présence d'un concept peut-être trop subtil pour un noble de Jana... peut-être même trop subtil pour lui, en dépit d'une année d'endoctrinement.

Nerda poursuivit à peu près en ces termes : « Etant donné que le Symbole correspondant à la monarchie constitutionnelle fait finalement partie de la pensée de millions de Janas, la force que lui donnent tous les esprits qui le contiennent devrait maintenir le système qu'il représente durant des décennies, dans des circonstances normales; ou du moins jusqu'à ce qu'un autre Symbole ne vienne le remplacer, ce qui peut d'ailleurs se produire très rapidement car Dav et Miliss nous précipitent littéralement dans la civilisation. »

Rocquel se sentit impuissant devant ses explications. Elle avait l'air de comprendre ce qu'elle disait. Et lui, non.

Nous, les mâles de la noblesse, nous sommes en fait en dehors de ce qui est en train de se passer.

Il était découragé mais il insista.

– Ce que j'ai vu, dit-il, c'est la motocyclette de Jaer qui s'arrêtait. Pas brutalement, mais comme s'il avait heurté une barrière élastique qui aurait absorbé toute sa puissance pour le repousser doucement. Il est tombé, mais sans se blesser.

– Il a heurté le Symbole, dit Nerda. Les Symboles sont devenus progressivement plus violents dans leurs réactions. Le plus violent de tous est le Symbole de la monarchie constitutionnelle.

– Tu parles du Symbole, mais quelle est la force qui agit?

– La force du Symbole. (Son expression montra qu'elle voyait la perplexité de Rocquel.) Tu ne vois vraiment pas? l'encouragea-t-elle. Tous ces millions de gens qui croient?

Ce que voyait Rocquel, c'est qu'il avait commis une erreur en lui demandant son opinion. Il voulait dire que personne ne pouvait croire encore en la nouvelle loi puisqu'elle ne serait promulguée qu'en fin de matinée. Mais ce qui dominait en lui, c'était le sentiment atroce qu'il venait de s'abaisser aux yeux de sa femme. Il se souvint, en proie au vertige, de l'opinion qui prévalait chez les mâles de Jana, à savoir que si une femelle prenait une seule fois un véritable avantage sur son mari, c'en était fait de leur union. Rien de ce que pouvait faire le mâle par la suite ne pouvait réparer le dommage.

Luttant pour se ressaisir, il hocha la tête et dit :

– Je vois. Vos multiples conversations avec Dav

vous auront été instructives et profitables à tous les deux. Félicitations. Le Symbole est un concept difficile.

Il devina à la lueur étrange qui brillait dans son regard qu'elle n'était pas dupe de son stratagème.

Elle dit d'un ton posé :

– Il ne faut pas s'attendre à ce qu'une monarchie constitutionnelle apporte un grand changement au niveau des passions. La loi réglemente simplement la société, disons, dans le sens d'une meilleure organisation que celle que permet l'absolutisme. Un individu en état d'accusation n'est plus sujet à des jugements arbitraires. La justice, dans le cadre de la loi, lui accordera le temps nécessaire pour organiser sa défense. Toutefois, à la fin, il est possible qu'il doive subir la même peine. (Elle conclut :) Et pour répondre à ta question de la nuit dernière, je pense que nous découvririons jusqu'à quel point Jaer est touché à la façon dont il permettra que soit conduit le procès de Miliss.

Rocquel, toujours sous le coup de l'erreur fatale qu'il avait commise en provoquant cette discussion, s'efforçait de se ressaisir et il dit de son ton le plus prosaïque :

– Ce que je suis curieux de connaître, c'est la nature des accusations qu'il a l'intention de porter contre elle...

Ces accusations surprirent Dav plus encore que Rocquel, encore imprégné des souvenirs de son année au loin. Il avait appris quelque chose au sujet des humains et il pouvait contrôler lui-même un certain Symbole mais, il s'en rendait compte à présent, sans vraiment le comprendre.

Miliss était accusée d'être un ennemi de race

étrangère, résidant illégalement sur le sol de Jana; d'espionner au profit d'une force spatiale d'invasion étrangère; de prétendre qu'elle appartenait à une race décadente alors qu'elle appartenait en réalité à une race supérieure, dominatrice, implantée parmi les primitifs.

Elle était également accusée de nourrir des intentions criminelles.

Dav, debout sous la pluie devant le kiosque à journaux, parcourut les titres avec incrédulité. Des Janas en imperméables multicolores circulaient sur le trottoir autour de lui tandis qu'il tournait les pages jusqu'à celle de l'éditorial indiquée en première page. Il lut, écrit en jana inférieur :

« Dans un acte sans précédent, le gouvernement conteste aujourd'hui le droit de résider sur notre planète aux deux ressortissants d'une civilisation archaïque. Un certain nombre d'accusations quasi mélodramatiques ont été portées contre le couple, mais seule la femme a été arrêtée.

» Nous laissons bien entendu à la justice le soin de résoudre le problème légal que pose cette arrestation mais c'est d'un point de vue purement théorique que nous aimerions nous pencher sur cette affaire.

» Des explorateurs ont récemment découvert sur Jana des tribus isolées dont le niveau culturel date de l'âge de pierre. Le contact avec notre civilisation supérieure était destiné à agir sur les aspirations et les mœurs de ces peuplades arriérées et elles se sont révélées apparemment incapables de se réorganiser en tant que groupe.

» Jusqu'à la décision gouvernementale de ce jour, nous avons connu une situation différente avec les deux humains résidant sur Jana. Ils représentent une culture du passé qui, pour des raisons qui n'ont jamais été analysées, semble avoir pratiquement disparu. Cette culture décadente, bien qu'ayant atteint des sommets sur le plan des réalisations techniques, très avancées par rapport au niveau existant sur Jana, n'a pas eu le même effet démoralisant sur l'esprit des Janas.

» Le tribunal devra donc se prononcer sur les questions de savoir : Dav et Miliss sont-ils les représentants d'une culture supérieure qui prétendrait simplement être tombée en décadence afin d'éviter l'impact normal et déprimant sur une civilisation inférieure ? S'il en est ainsi, leur présence sur Jana est-elle le fait d'une conspiration étrangère, et un tel dessein doit-il être considéré comme une volonté d'invasion ? »

L'article révélait en lui-même quelque chose : l'existence, à Numbrid et dans des centaines d'autres villes, d'une classe professionnelle d'une intelligence supérieure. La classe inférieure des Janas avait manifestement mûri plus rapidement que leurs dirigeants héréditaires. Pourtant, le ton de l'éditorial n'était ni agressif ni incendiaire. Son auteur se montrait en fait plein de respect pour le gouvernement et avait conscience de la signification de la nouvelle loi.

Ses réflexions s'interrompirent quand il se rendit compte que les passants l'observaient. Tout à coup, un grand mâle s'arrêta auprès de lui, proféra un juron retentissant et leva un bras menaçant, comme s'il allait le frapper.

Instinctivement, Dav recula. Le mâle prit l'air méprisant et lui lança un coup de pied. Dav esquiva aisément le coup mais laissa tomber son journal. Le grand mâle le ramassa sur le trottoir mouillé et déchira furieusement les feuilles détrempées. Il rugit :

– Vous n'êtes rien du tout. Vous êtes le survivant d'une race disparue. Vous êtes moins que rien! moins que rien!

Dav battit en retraite. Il s'engouffra dans une rue adjacente et prit le chemin de sa maison, avançant dans l'obscurité profonde, sous la pluie. Comme il atteignait les limites de la ville, il entendit des bruits devant lui. Un murmure inquiétant qui enflait à son approche. Lorsqu'il atteignit les espaces dégagés qui entouraient la maison, il vit une foule houleuse, qui agitait des torches.

Dav tressaillit et prit la direction d'une petite habitation située dans une rue latérale. L'endroit permettait en fait d'accéder secrètement à la grande maison. Longtemps auparavant, quand Jana était plus primitive, des incidents désagréables s'étaient produits et l'entrée secrète s'était révélée utile en maintes occasions.

Il avança sans encombre le long du tunnel et atteignit la maison. Une fois là, il regarda la foule à travers un œil magique. La nuit et la pluie disparurent comme par enchantement et il put observer comme en plein jour les jardins qui s'étendaient devant la maison.

La foule semblait plus nombreuse encore qu'il ne l'avait cru. Dav secoua tristement la tête. Ce qu'il avait sous les yeux correspondait à ce qu'avait connu la Terre autrefois. Au sommet, il y avait la hiérarchie héréditaire. Puis, venait une classe moyenne soumise aux lois. Et tout en bas, grouillait l'énorme masse inculte.

La hiérarchie était composée d'individus semi-psychotiques, sanguinaires, sans scrupules. Et la classe moyenne manquait encore de maturité, ignorant qu'elle était la force de l'avenir. Et le peuple était totalement dupe.

Dav constata avec soulagement que plusieurs centaines de soldats dressaient une barrière entre la foule et lui. Un officier s'adressait à elle dans un haut-parleur :

– Rentrez chez vous. La loi doit l'emporter sur les passions. Rentrez chez vous. Si ces gens sont des espions, la justice décidera de leur sort, conformément à la loi. Rentrez chez vous...

L'exhortation commença à produire son effet aux environs de minuit. Par petits groupes, les Janas se mirent à refluer vers la ville. Mais ce ne fut qu'à 2 heures du matin, quand il fut certain que le danger était écarté, qu'il alla se coucher.

Allongé dans son lit, il ne fut pas long à réfuter les accusations portées contre Miliss et lui-même.

L'éditorialiste du journal disait vrai en affirmant que par le passé, les primitifs qu'il citait en exemple avaient connu des maux psychiques et raciaux pour avoir été mis brutalement en présence d'une culture supérieure. Et il était fort concevable que quelqu'un se penche un jour sur le problème de façon plus systématique.

Mais les mentors sauraient, c'était ainsi. Il serait absolument ridicule que Miliss et lui-même ne fussent pas conscients de leurs propres réalités.

Toutes ces centaines d'années d'ignorance de quelque chose d'aussi essentiel?

C'était impossible.

La vérité était si simple et si évidente. Près de quatre cents années vides représentaient un poids dans son esprit qu'aucun mot ni aucune accusation de la part des Janas ne pouvaient pénétrer.

Il dormit profondément.

5

Rocquel n'avait pas quitté la salle de communications du palais tant que Dav avait été sous la menace de la foule. A plusieurs reprises, il s'était adressé directement à l'officier qui commandait les troupes chargées d'assurer la protection de la maison.

Enfin, fatigué et se sentant un peu coupable de rentrer si tardivement, il regagna son appartement. La chambre était plongée dans l'obscurité et il eut une brève et terrible intuition.

Il alluma et demeura immobile : Nerda était au lit. Elle s'était dévêtue et ses paupières étaient closes. Sa respiration régulière indiquait qu'elle dormait.

Rocquel se reporta en un éclair à la conversation qu'ils avaient eue la veille. Et il eut soudain le sentiment qu'il s'était déconsidéré à ses yeux. Son incapacité à saisir la signification du Symbole le troubla à nouveau.

Debout au chevet de sa femme endormie, il imagina les répercussions de sa rébellion si elle venait à être connue.

Son absence avait ébranlé le trône et il était rentré depuis trop peu de temps pour avoir affermi sa position et son pouvoir. Il avait deviné un malaise au sein de la noblesse. Et il faudrait que s'écoule quelque temps avant que ces êtres suspicieux et violents se persuadent que la nouvelle loi ne constituait pas pour eux une menace directe.

Et s'ils découvraient qu'il manquait d'énergie au point d'avoir perdu son pouvoir sur sa femme... Instinctivement, il se jeta en avant vers le corps endormi; ses poings et ses mâchoires se serrèrent, prêts à la jeter à bas du lit.

Mais au moment d'agir, une pensée et un sentiment nouveaux en lui le retinrent.

Il avait failli agir à la façon d'un mâle jana. Mais la rébellion de Nerda n'était-elle pas justifiée? La manière traditionnelle de traiter les femmes était-elle la bonne? L'analyse qu'il avait faite des raisons de son attitude était-elle correcte?

Une bouffée du vieil atavisme de son sexe assombrit son visage et lui obscurcit l'esprit : l'absolue conviction qu'elle agissait sous l'influence d'un autre.

Dav, l'humain?

Quelque chose en Rocquel refusa l'idée comme parfaitement irrationnelle : si les femelles de Jana ne s'unissaient pas aux mâles de leur propre volonté, il était évident qu'elles ne trahissaient pas leurs maris. Il reconnut aussi que Dav, qui possédait un sens très grand de la responsabilité individuelle, n'aurait pas profité de l'année de « veuvage » de la reine.

Mais ce raisonnement n'était pas suffisant pour

calmer l'esprit enfiévré de Rocquel, rempli d'images brutales.

Il fallait qu'il en ait le cœur net.

Il fit demi-tour et quitta la pièce.

Quelques minutes plus tard, escorté par une unité motorisée de l'armée, il fonçait à travers les rues obscures de Numbrid en direction de la prison militaire où Miliss était détenue.

Leurs pas résonnèrent le long des corridors de béton. La lampe que portait l'officier de service de nuit faisait naître autour d'eux des ombres vacillantes.

La grisaille de ce monde de réclusion frappa Rocquel et il s'adoucit quelque peu. Il songea que Miliss était retenue là depuis plusieurs jours et que cela n'aurait pas dû être.

La nouvelle loi ne lui permettait pas de s'opposer à cet état de choses mais il ressentit au fond de lui-même une sourde colère envers Jaer.

Cet accès de colère fut bref. Il cessa lorsqu'il atteignit la cellule de Miliss. Rocquel entra seul. Son escorte attendit dans le couloir.

La surprise et le plaisir de Miliss en le reconnaissant, puis son étonnement de le voir arriver à une heure aussi tardive lui procurèrent une entrée en matière : il lui demanda pourquoi Dav et elle s'étaient séparés.

Elle parut surprise. Elle sentit qu'il était malintentionné. Lui qui avait toujours été si amical avec elle et avec qui elle s'était si bien entendue par le passé.

Au bout d'un instant, elle se rendit compte qu'il serait imprudent de différer sa réponse et elle lui répéta le diagnostic de Dav : qu'elle était atteinte du mal mortel qui avait entraîné l'homme à sa perte. Elle estima, vu les circonstances, que c'était la réponse qu'il convenait de lui faire.

Ses paroles et l'allusion à la mort de Miliss qu'elles contenaient rendirent à Rocquel toute sa lucidité.

– Vous voulez donc dire, dit Rocquel, que vous avez été poussée par quelque chose de parallèle au type d'émotion qui guidait effectivement les gens atteints du mal mortel. Et vous l'avez fait sciemment, sachant que Dav penserait que c'était de cela qu'il s'agissait.

– Je pense que c'est ce que j'ai fait, dit Miliss. (Elle s'empressa d'ajouter :) Le mal mortel est subtil. On peut se duper soi-même.

Rocquel insista :

– Mais, personnellement, vous n'êtes pas réellement en train de mourir?

– Autant que je sache, non.

Rocquel étudia sa réponse avec un étonnement croissant. Finalement, il demanda :

– Mais pourquoi ne faites-vous rien pour sortir de cette prison? Vous ne devriez pas être là.

– Que puis-je faire?

– N'avez-vous aucun moyen de protection qui vous soit propre?

– Aucun, dit-elle, hormis les Symboles jusqu'à présent activés. A l'exception de quelques armes portatives et unités d'énergie mobile dont la plupart ont été données aux Janas, c'est tout ce dont nous disposons.

– Et les Symboles en réserve?

– Leur temps n'est pas encore venu, dit Miliss. Ils ne fonctionneraient pas... pas sur Jana.

Rocquel soupira.

Pourtant, aurait-il voulu dire, *Dav a utilisé la force de millions d'êtres qui croyaient, sans même le savoir, en la monarchie constitutionnelle – en fait, avant même de savoir ce que c'était. Pourquoi ne pas utiliser la force de millions d'êtres qui croient, sans même le savoir à un Symbole de l'avenir?*

Il ne posa pas la question qu'il avait au bord des lèvres. Le concept de Symbole, quel que fût son contenu, dépassait les limites de sa compréhension. Il reconnut en toute humilité qu'il était un noble jana de nature un peu fruste et que, au cours de l'année qu'il avait passée à bord du croiseur terrien – séjour dont il n'avait parlé à personne – il avait été, en fait, comme un quelconque chef de tribu, diverti (si l'on peut dire) par des savants ou des commerçants appartenant à une civilisation supérieure. Etant favorablement disposés à son égard, ils s'étaient efforcés de ne pas heurter sa susceptibilité, mais pour eux il n'était rien. Sa position et son rang ne leur importaient pas, si ce n'est dans le cadre d'une politique de mise en valeur des planètes avec la participation des rois indigènes.

Néanmoins, il s'efforça encore d'atteindre à la compréhension.

A sa demande, Miliss expliqua une fois de plus ce qu'était la force d'un Symbole. Mais son esprit y demeura hermétique.

Nous, mâles au crâne épais...

– Le plus grotesque, dans tout cela, dit-il en expliquant à Miliss son incapacité à comprendre, c'est que j'ai moi-même effectivement le contrôle d'un Symbole...

Il s'interrompit. C'était un aveu qu'il n'aurait

jamais consenti à quelqu'un d'autre. Miliss était le seul être avec lequel il s'était toujours senti capable de parler librement.

Il acheva tant bien que mal :

– Naturellement, c'est comme moyen de protection qu'il m'a été accordé.

Il s'interrompit de nouveau en voyant l'expression qui s'était peinte sur son visage; attentive, avide, surprise et un peu effrayée, incrédule puis convaincue.

Elle murmura :

– Qui vous a donné le contrôle d'un Symbole?

– Les êtres humains, dit Rocquel, en toute simplicité.

Elle se jeta en arrière sur la couchette, en proie à une crise nerveuse. Son corps se contracta en mouvements convulsifs et violents.

Puis, elle retrouva un peu de calme et dit :

– Alors, les intuitions de Jaer, ses accusations, ça doit être vrai. Il y a des humains dans les parages...

Elle se tut soudain puis demanda, haletante :

– Dites-moi exactement où vous êtes allé, ce que vous avez vu.

Rocquel lui raconta l'année qu'il avait passée à bord du croiseur.

– Il y avait des hommes et des femmes? demanda-t-elle.

– Oui. Ils formaient une communauté de plusieurs milliers d'êtres humains.

– Vous ne vous êtes jamais posés nulle part?

– Je ne m'en suis pas aperçu en tout cas. (Il soupira.) Le vaisseau était immensément vaste. J'étais autorisé à aller et venir dans un secteur limité, je ne connaissais du reste du vaisseau que ce que j'en voyais sur les écrans de vision. Ils ne m'ont pas enseigné leur langue. On ne s'adressait à moi que par l'intermédiaire de machines interprètes. (Il réfléchit un instant.) Il se peut que certaines parties du vaisseau se soient détachées pour atterrir sur certaines planètes et que je ne m'en sois pas aperçu.

– C'est l'un d'eux qui vous a appris à contrôler un Symbole?

– Oui.

Miliss insista :

– Mais quelle est son action? Si Jaer vous avait frappé de son épée, que lui serait-il arrivé?

Rocquel l'ignorait. Il expliqua lentement :

– Ils m'ont recommandé de ne le manier qu'avec prudence. Car il pourrait m'entraîner moi aussi. (Il ajouta :) Quand je l'ai activé contre Jaer, je l'ai senti qui s'agrippait à moi et me tirait comme une sorte de... (Il se tut, cherchant ses mots.) Peut-être comme un aimant.

– Mais c'est le Symbole de quoi? demanda Miliss.

Rocquel n'en avait pas la moindre idée.

Elle poursuivit, déconcertée :

– Il faut qu'il tienne son énergie d'un concept qui possède une signification sur une autre planète, puisque ici nous n'avons rien perçu. Mais qu'est-ce que cela peut-être?

N'obtenant pas de réponse elle demanda :

– Vous le contrôlez toujours?

Il acquiesça.

– Vous ont-ils dit qu'ils vous le laissaient définitivement?

Rocquel la regarda tristement.

– Je n'arrive pas à m'en souvenir. On m'a dit quelque chose mais chaque fois que je suis sur le point de m'en souvenir, cela s'évanouit.

– Cela ressemble à une programmation superficielle. Comme si tout ce à quoi il se rapporte pouvait se produire à n'importe quel moment. Nous devons donc nous trouver à la veille d'une crise. (Elle ajouta, pensant manifestement à haute voix :) Seul un Symbole est capable d'agir à distance, que son influence soit subtile ou puissante. (Elle conclut par ces mots :) Il doit vous être personnel, ce qui n'est pas ordinaire. Par exemple, si j'étais capable de faire ce que vous m'avez décrit, je pourrais quitter la prison.

Ce second aveu d'impuissance concentra l'attention de Rocquel sur la situation de Miliss. Le fait qu'elle ne pouvait pas se défendre par elle-même était soudain lourd de signification. La balance des forces penchait à nouveau en faveur des Janas. Ils allaient pouvoir accepter ou rejeter le don de connaissance sur une base d'autodétermination.

Nous pouvons utiliser ce qu'ils nous offrent, mais rien ne nous y oblige...

Cette prise de conscience lui fit découvrir qu'il y avait dans son identité de Jana une force qu'il n'avait pas soupçonnée. Les accusations que Jaer avait portées contre Miliss comportaient pour ses semblables une part de vérité. La population tout entière ressentait, du fait de la présence humaine, si légère fût-elle, une sorte de décalage.

Il se rendit compte au bout d'un moment de la gravité de la situation dans laquelle se trouvait Miliss. Il fut épouvanté. Elle était véritablement en danger si Dav et elle n'avaient pas les moyens de se défendre par eux-mêmes!

Il fit un effort pour chasser l'inquiétude qu'il ressentait et c'est avec une calme gravité qu'il dit :

– Vous allez connaître un moment difficile, la nouvelle loi me lie au même titre que mes semblables. Je ne peux pas décider arbitrairement de vous rendre la liberté. Avez-vous un avocat?

– Pas encore, dit Miliss.

– Je vais faire savoir à Dav qu'il est impératif que vous en ayez un.

– Il ne fera rien. (Elle lui rappela le mal mortel. Seuls ceux qui refusaient leur aide avaient une chance de survivre.) Je comptais là-dessus pour le tenir éloigné de moi. Je ne peux donc m'attendre à aucune aide de sa part.

Rocquel secoua la tête, un sourire aux lèvres et fit remarquer qu'en l'occurrence, il était mieux placé que Dav.

– Je l'appellerai, ajouta-t-il avec fermeté. Il le fera parce que je le lui demanderai, pas forcément pour vous aider. (Il s'interrompit. Puis :) C'est à lui d'agir en cette occasion. Cela paraîtrait bizarre qu'il ne le fît pas. Et c'est pour cette raison qu'il le fera.

A ce moment-là, Rocquel jeta un regard machinal à sa montre. Il sursauta, il était près de 4 heures du matin.

– Je suis désolé, s'excusa-t-il. Je vous empêche de dormir.

Miliss écarta d'un geste ses paroles.

– Je me sens beaucoup mieux maintenant. Vous m'avez apporté la première information de... là-bas. (Elle leva les yeux et fit un geste vague :) Depuis toutes ces années que nous sommes ici, Dav et moi! Ce n'est pas clair, il est difficile de savoir ce que cela signifie, mais je sais maintenant qu'il existe encore quelques êtres humains.

Ils se séparèrent. Rocquel rentra au palais et se coucha aux côtés de Nerda.

Elle aussi lui posait un problème pour lequel il n'avait pas de solution immédiate.

6

L'avocat jana que Dav alla consulter secoua gravement la tête en entendant le quatrième chef d'accusation.

– La loi ne prévoit pas de peines particulières pour les autres, dit-il. Le juge peut faire ce qu'il veut, il pourrait même la remettre en liberté. Mais l'intention criminelle s'est révélée dangereuse par le passé. Une fois établie, elle est passible de la peine de mort.

Dav assista au procès en tant que témoin. Sa colère grandissait à mesure que les « cadeaux » offerts aux Janas étaient utilisés comme preuves de la culpabilité de Miliss. L'argument essentiel de l'accusation reposait sur le fait qu'une culture supérieure, par le biais de cadeaux scientifiques, empêchait habilement les Janas de poursuivre leur évolution naturelle et les maintenait dans un esclavage mental qui équivalait à la mainmise d'un peuple sur un autre. Pour Dav c'était ce dont on l'accusait qui comptait et non pas le sort de Miliss.

Appelé à la barre par l'avocat de la défense, Dav nia qu'ils aient nourri pareilles intentions.

– La science est neutre, dit-il. C'est la vérité de la nature. Les savants de Jana auraient découvert en temps voulu les mêmes vérités. En offrant aux Janas les réalisations scientifiques de l'ancienne civilisation de la Terre, j'ai accompli un devoir qui m'avait été imposé par une race aujourd'hui disparue. Il me fallait transmettre aussi rapidement que possible le flambeau de la connaissance dans l'espoir que, sur de telles bases, les Janas établiraient une civilisation qui ne cesserait de progresser au lieu qu'elle fût appelée à dégénérer comme les autres, y compris celles des hommes...

Lorsque, plus tard, il se retrouva dans la rue, il fallut l'intervention d'une troupe de gardes pour l'arracher à une foule de manifestants hostiles :

GARDEZ VOTRE SCIENCE ÉTRANGÈRE... JANA DOIT ÊTRE LIBÉRÉ DU JOUG ÉTRANGER... JANA AUX JANAS... MORT AUX ENVAHISSEURS... HUMAINS, RETOURNEZ CHEZ VOUS...

Sous les insultes de la foule, Dav fut escorté jusqu'à un arrêt d'autobus. Plusieurs gardes montèrent avec lui et l'accompagnèrent. Les soldats l'escortèrent ensuite jusqu'à sa demeure, dont d'autres soldats surveillaient jour et nuit les abords.

Miliss fut déclarée coupable de tous les chefs d'accusation et condamnée à mort. Trois appels à des juridictions supérieures demeurèrent vains. Mais Rocquel lui accorda sa grâce, arguant du fait que les Elus n'avaient pas cru bon de créer des lois en la matière.

Le « Premier ministre » Jaer Dorrish – d'où tenait-il ce titre? – riposta en proposant des amendements à la loi pénale qui furent dûment votés par les Elus. Rocquel, à la grande surprise de Jaer, n'opposa pas son veto.

Jaer interrogea Rocquel à ce sujet.

– Je vous ai dit que je n'interviendrais pas, lui répondit le chef héréditaire. (Il se tut un instant et observa son interlocuteur.) Supposons que toutes les accusations que vous portez se révèlent fondées. Si les humains sont réellement des êtres supérieurs, il est à présumer qu'une flotte extraordinairement puissante viendra au secours de ses représentants; alors nous serons contraints de nous soumettre à une force d'occupation, même de courte durée, et nous serons déshonorés. Qu'auriez-vous à gagner si cela devait arriver?

Jaer fronça les sourcils.

– L'honneur de Jana, répondit-il avec l'arrogance propre aux mâles janas, exige que la vérité soit étalée au grand jour. Nous nous occuperons de cette flotte extraordinairement puissante quand elle se présentera.

– Avec quelles armes? fit ironiquement Rocquel.

– L'humain Dav est sous surveillance constante, dit Jaer. Le moment venu, nous nous emparerons, au cours d'une opération de grande envergure, de tous les secrets scientifiques de l'homme. Nous en finirons avec ce système humiliant qui consiste à demander l'aumône. Pas plus d'un secret à la fois, c'est ça? Eh bien, nous voulons tout, et tout de suite!

Rocquel regarda avec ironie le visage empourpré de son interlocuteur.

Finalement, il dit d'un ton sceptique :

– Votre intérêt soudain pour des matières aussi mineures ne colle pas très bien avec votre personnage, Jaer. Je me demande où vous voulez en venir.

Le grand mâle se raidit.

– Mettriez-vous ma loyauté en doute, sire? demanda-t-il sèchement.

L'instant aurait pu être dangereux mais Rocquel se contenta de secouer la tête et dit doucement :

– Non, Jaer. Je pense que vous accepterez la nouvelle loi... Elle est à votre avantage. Que comptez-vous faire maintenant?

– Vous le verrez.

Jaer pivota sur lui-même et s'éloigna.

Plus tard, Rocquel alla voir Nerda. Il lui fit part des déclarations de Jaer et lui demanda son opinion.

Elle répondit sur-le-champ. Ce n'était plus une surprise pour lui. Et même, depuis son geste de révolte – qui consistait à aller se coucher sans sa permission, ce qu'elle faisait maintenant tout naturellement – elle répondait plus librement à ses questions, même lorsqu'il s'agissait de leurs relations personnelles.

Elle lui dit qu'à son avis, Jaer s'intéressait beaucoup à la femme de la Terre et que par conséquent son but était de faire le procès de Dav, et non celui de Miliss.

– Mais..., commença-t-il, puis il se tut.

Prudence, pensa-t-il, *il ne faut pas lui procurer une nouvelle occasion de me manquer de respect. Nul ne pouvait dire quelles répercussions cela pourrait avoir...*

Mais la déclaration le déconcertait quelque peu.

Elle donnait à penser que Jaer avait bien calculé son coup. Il était à présumer que le chef du clan Dorrish s'attendait à ce que Miliss fût libérée.

Rocquel s'interrompit dans ses pensées, quelque chose s'éclairait dans son esprit. Naturellement, le procès de Miliss avait révélé – les faiblesses de l'accusation... et la force de la défense le montraient – toutes les lacunes de la loi. Celles-ci seraient comblées et, alors, Dav serait inculpé et irrémédiablement condamné.

D'un mouvement spontané, Rocquel fit un pas en avant et étreignit Nerda.

– Tu es très brillante, dit-il. Aucun doute, j'ai une reine très brillante, et très subtile. Merci.

Il l'embrassa et sentit, l'espace d'un instant, qu'elle lui rendait son baiser. Cela avait dû être involontaire de sa part car elle reprit presque aussitôt son attitude passive.

Rocquel ne se sentit pas offensé. Une arrière-pensée lui disait que les femelles de Jana n'étaient peut-être pas aussi insensibles qu'on le pensait. Il serait peut-être intéressant de procéder un jour ou l'autre à une expérience plus poussée. Mais pour l'instant, il fallait qu'il prévienne Dav.

Le lendemain matin, Rocquel apprit que Miliss, que l'on avait de nouveau arrêtée en alléguant qu'elle représentait un danger pour le royaume, allait être encore une fois traduite devant les tribunaux. A l'audience préliminaire de l'après-midi, son avocat plaida l'inapplicabilité rétroactive de la loi.

Le juge la fit remettre en liberté.

L'accusation sollicita et obtint qu'un mandat d'arrêt fût lancé contre Dav.

Les Janas purent lire dans leur journal du soir

que les officiers chargés de s'assurer de sa personne n'avaient pu mettre la main sur l'homme de la Terre.

Dav avait passé l'après-midi dans un endroit secret du réservoir des Symboles, à préparer et organiser sa fuite.

Le temps était venu pour lui de disparaître par le moyen que Miliss et lui avaient parfois utilisé dans le passé. Il y avait eu d'autres Jaer Dorrish parmi les Janas, qui poursuivaient, eux aussi, d'impitoyables desseins. En ces époques lointaines, ils avaient le plus souvent échappé au danger qui les menaçait en cherchant refuge quelque part en attendant que l'ennemi ait vécu sa courte vie.

Dav quitta sa cachette quand la nuit fut tombée et s'éloigna en se faufilant à travers les buissons. Il avait pour destination un certain flanc de coteau où, près de soixante-dix ans auparavant, il avait enterré un petit vaisseau spatial.

Il était arrivé autrefois que des engins, restés trop longtemps sous terre, aient du mal à être retrouvés lorsqu'on en avait besoin. Mais celui-là n'avait subi au cours de ces sept décennies aucun accident désagréable. Aucun bulldozer n'avait fouillé le sol. Personne n'avait construit d'immeuble sur le terrain et le vaisseau l'attendait dans sa tombe temporaire.

Dav se frayait un chemin à travers des buissons touffus quand il entendit un bruit. Il s'aplatit en silence sur le sol.

Mais il était déjà trop tard. Il entendit un piétinement rapide dans l'obscurité. Deux paires d'yeux luisirent. Puis des doigts maigres et forts l'agrippèrent et le maintinrent plaqué au sol.

Le long nez caractéristique d'un mâle jana se profila contre le halo de lumière qui baignait la ville. Puis une silhouette féminine apparut et s'immobilisa à quelques pas.

La voix profonde du mâle exulta :

– On l'a eu. Perna, vite! Eclaire-moi ce sale... (Il s'interrompit, cherchant le mot grossier qui le satisferait.) Par Dilit, ce n'est pas le type qui te court après, allez! éclaire-le! qu'on voie ce qu'on a attrapé.

Le silence retomba et l'on entendit seulement les pas de la femelle qui approchait.

Dav ne montra pas de résistance. S'il l'avait voulu, il aurait été capable – grâce à la force fantastique qu'il pouvait concentrer sur n'importe quelle partie de son corps – de frapper de deux doigts infaillibles les centres nerveux vitaux du Jana et d'envoyer le grand mâle au sol, dans d'atroces souffrances. Ou il aurait pu simplement se libérer sans effort par une poussée musculaire directe.

Il ne fit ni l'un ni l'autre. Comme à l'habitude dans le passé, il décida d'adopter une attitude purement défensive et de n'agir que selon la nécessité.

Un faisceau lumineux l'éblouit, interrompant net ses réflexions. Le rayon le frappa en plein visage puis la voix de la femelle résonna, chargée d'un profond dégoût :

– C'est contre ce genre de soupirant que tu me défends? Pouah!

– Tu peux garder tes sarcasmes, va! grommela le mâle. Il y a une récompense. Nous allons pouvoir nous marier. (Sa prise se resserra.) Debout, espèce d'antiquité! Il est grand temps que vous et votre femme cessiez de vous accrocher à la vie. Votre race est morte!

Le moment était venu d'agir mais Dav ne fit rien. Il ne résista pas pendant qu'on le remettait debout.

Une chose étonnante venait de se produire.

Il n'avait plus aucune réaction.

Il pensait : *La civilisation humaine est morte – pourquoi Miliss et moi serions-nous enchaînés aux valeurs d'une société déchue?*

Les barrières qu'il avait érigées entre Miliss et lui s'écroulèrent et un immense sentiment de culpabilité l'envahit. Il eut soudain conscience de l'inflexibilité dont il avait fait preuve dans son rôle de sauveur consacré d'une nouvelle race.

Au cours de ces minutes d'angoisse, quelque chose qu'il avait dit autrefois lui revint brusquement à l'esprit :

Je suis sûr que ton nez s'allonge. Tu ne vas pas tarder à ressembler aux Janas...

Il avait vécu dans un rêve. Il s'en apercevait maintenant, une sorte d'hypnose auto-induite – un idéal qui avait donné une signification temporaire à une existence qui en était dépourvue.

Puisque Miliss était condamnée, il n'y avait plus rien qui valût la peine d'être sauvé.

Il suivit docilement son agresseur.

Rocquel apprit la nouvelle de l'arrestation de Dav dans les premières heures de la matinée. Il se leva, s'habilla, et téléphona à Miliss.

– Vous n'avez pas encore eu de visite?

– Non, mais j'imagine que cela ne va pas tarder.

– J'arrive, dit Rocquel.

Il emprunta le passage secret. Il longea un long corridor mal éclairé et se retrouva devant une porte fermée.

Un bruit de voix lui parvint, venant de l'autre côté.

Rocquel ouvrit la porte et la franchit. Il était dans un espace séparé par un rideau vert et or d'une pièce brillamment éclairée. Les voix venaient de derrière le rideau. Il reconnut la basse calme de Jaer et le soprano indigné de Miliss.

– Je suis surprise, disait Miliss, qu'en dépit du fait que vous êtes probablement programmé et en grave danger, vous continuiez à me poursuivre.

Jaer répondit avec une totale assurance :

– J'ai eu une fois la faiblesse de me laisser impressionner par de telles paroles. Cela ne se reproduira plus.

– Vous êtes en train de dire, rétorqua Miliss d'un ton sec, que vous avez perdu la raison.

– Les mâles de Jana, répondit Jaer d'un ton glacial, savent ce qui est important. Une femelle est une chose importante. La peur et ses motivations ne le sont pas. (Il gloussa et ajouta nonchalamment :) Laissez-moi analyser la situation à votre place. Si vous me résistez, vous serez de nouveau arrêtée. Si vous me cédez, en revanche, je puis faire lever les accusations qui pèsent sur Dav. Qui sait les privilèges dont vous pourrez bénéficier tous les deux si vous et moi nous rencontrions de temps à autre en privé au cours des nombreuses années, combien mornes par ailleurs, qui nous attendent.

Rocquel, immobile derrière le rideau, secoua la tête. L'intuition de Nerda ne l'avait pas trompée. L'action menée contre les deux humains n'était rien d'autre que la stratégie typique d'un mâle de Jana voulant conquérir une femelle.

Il n'était pas choqué. Ni même surpris, en réalité.

– Il est tard, ma chère. Je suppose que vous n'attendez plus personne ce soir, dit Jaer.

La question fit sortir Rocquel de sa cachette.

– Voilà ce que je lui ai dit, dit-il à Nerda dès son retour au palais : Jaer, si j'accepte de renoncer à certaines prérogatives de la couronne, c'est parce que je suis persuadé que vous-même et les autres membres de la noblesse accepterez, en échange d'un plus grand pouvoir politique, d'abandonner les privilèges purement personnels qui vous permettent de contraindre des individus à satisfaire vos caprices seigneuriaux.

– Et qu'a-t-il répondu ?

– Rien. Il a fait demi-tour, a quitté la pièce et la maison.

Nerda eut un geste dégoûté.

– S'il réussit à se débarrasser de Dav, il compte pouvoir un jour ou l'autre convaincre Miliss d'accepter sa protection.

– Tu penses qu'il va maintenir les accusations contre Dav ?

– Tes paroles ne l'ont pas atteint. Il est toujours le mâle de Jana traditionnel. (Elle haussa les épaules.) Alors, je pense que oui.

Durant son procès, Dav demeura assis, apathique. L'avocat de la défense désigné par Rocquel ne put même pas l'amener à se présenter à la barre des témoins.

Il fut convaincu du crime d'espionnage à la solde de l'étranger et condamné à être décapité.

7

Au moment où l'hélicoptère se posa au milieu du vaste complexe où avaient lieu les exécutions, toute la noblesse de Jana y était déjà rassemblée. Les paris étaient lancés. Il s'agissait en général de savoir qui allait gagner le droit de couper la tête du condamné.

Rocquel traversa la foule des aspirants bourreaux, notant au passage les plaintes qui s'élevaient au sujet du nombre décroissant de têtes à couper. Il atteignit la zone limitée par des cordes où les victimes étaient parquées et comprit la raison des récriminations. Moins d'une centaine de mâles, y compris Dav, et quatre femelles étaient rassemblés à un bout de l'enclos qui en avait souvent contenu jusqu'à cinq cents.

Grosso-modo, une centaine de têtes devaient être réparties entre dix-huit cents jeunes nobles pleins de fougue.

On tendit à Rocquel la liste des condamnés. Il l'examina sans rien dire. Deux noms attirèrent son attention. Ils appartenaient à deux ingénieurs. Il fronça les sourcils et se tourna vers Jaer.

– Comment se fait-il que des hommes de valeur comme ceux-là se trouvent sur la liste?

Jaer leva la main et dit :

– Votre Majesté, je dois attirer votre attention sur

le fait que vous êtes en train d'enfreindre la procédure de la nouvelle loi. Le roi n'est plus autorisé à s'occuper des cas individuels. En ma qualité de Premier ministre, je vous consulterai et écouterai votre avis et, dans certains cas mais non systématiquement, il m'arrivera de vous demander la grâce d'un condamné. Veuillez, je vous prie, me donner la liste.

Avec un sentiment de vide, Rocquel la lui tendit. Il avait eu l'intention de sauver Dav et, comme par le passé, il avait cru pouvoir le faire de sa propre initiative. Il nota du coin de l'œil le sourire sarcastique de Jaer.

– En ce qui concerne votre question, sire, voici la réponse, dit le chef du clan Dorrish d'un ton narquois. La nouvelle loi stipule que tous les citoyens de Jana sont égaux devant la loi. Ils ont tué. Ils sont passés en jugement, la sentence a été automatique.

– Je vois, dit Rocquel.

Ce qu'il voyait surtout, c'est que la foule était montée contre Dav et qu'il n'avait aucun moyen de sauver l'humain.

– Désirez-vous que je fasse amener les deux ingénieurs pour que vous les interrogiez, sire?

Le ton du premier ministre était insinuant. Il se sentait maître de la situation et était prêt à jouer à fond le jeu de la monarchie constitutionnelle, qui était si manifestement en sa faveur.

Rocquel acquiesça.

Pendant que l'on cherchait les deux mâles dans le troupeau de condamnés, il s'obligea, selon sa vieille méthode, à ne s'occuper que d'une chose à la fois. Il réussit bientôt à chasser l'humain de ses préoccupations immédiates et à concentrer son attention sur le moment présent.

La scène qu'il avait sous les yeux était une illustration parfaite de la Jana traditionnelle. Les robes froufroutantes des nobles formaient un océan de couleurs chatoyantes. Les têtes allongées et cuivrées des mâles s'alignaient à la même hauteur au-dessus d'un mur de soie presque solide. Mille huit cents têtes comme celles-ci évoquaient singulièrement la beauté pure.

Mais c'était la beauté d'une bête de proie. Fière, arrogante, puissante, indomptée. Comme si un état de choses naturel était étalé sous ses yeux. Les impulsions primitives qui poussaient ces mâles d'une violence à l'autre dans une fureur sans fin répondaient à des besoins également primitifs. C'était la vérité de Jana avant que Dav et Miliss aient commencé d'obliger une hiérarchie qui vivait sous la loi sanglante d'une masculinité exacerbée, à dominer ses instincts.

J'ai sous les yeux la fin d'une époque, songea Rocquel. *Les mille huit cents mâles qui sont rassemblés ici incarnent la fin de la féodalité...*

Il fallait que cela soit, bien sûr. Mais comment?

Les deux scientifiques lui furent amenés et il s'interrompit dans ses réflexions. Le chef du clan Dorrish jeta un coup d'œil interrogateur à Rocquel qui s'avança. Un instant plus tard, il était confronté à la réalité.

Depuis de nombreuses années, scientifiques, ingénieurs et techniciens faisaient l'objet d'un traitement spécial devant les tribunaux. Sans être, comme les nobles, à l'abri des lois, ils disposaient d'un statut privilégié. Une personne possédant un diplôme supérieur équivalait devant la loi à vingt personnes ordinaires; à quinze s'il possédait un diplôme du second degré; à dix pour le premier degré. Les techniciens allaient de deux à neuf.

Si bien qu'un ingénieur équivalant à vingt personnes qui tuait quelqu'un qui ne possédait aucune qualification professionnelle n'était passible que d'un vingtième de la sanction, ce qui se traduisait le plus souvent par une amende. Ce n'était que s'il tuait un scientifique de même statut qu'il encourait la peine de mort.

Mais Jaer parlait.

– Voici les personnes, sire. Je ne vois pas ce que nous pouvons faire en leur faveur étant donné les nouvelles réglementations.

Rocquel était de cet avis. Mais il ne dit rien. Il regarda les deux ingénieurs qu'on lui présenta respectivement comme un « quinze » et un « dix ». Lorsqu'on eut retiré au premier son bâillon, il affirma avec véhémence que s'il avait tué un « trois », c'est que celui-ci avait été insolent à son égard, ce qui avait provoqué chez lui un accès de fureur. Et le « dix », quant à lui, avait tué un « un » sans raison particulière, dans un de ces accès de colère fréquents chez les mâles de Jana.

Il n'y avait rien là qui justifiât une mesure de clémence. La nouvelle loi devait faire ses preuves par une impartialité sans faille. Les deux condamnés avaient simplement le malheur d'être les premiers à l'inaugurer.

Rocquel fit un signe de tête et Jaer fit remettre leur bâillon aux condamnés. Puis, d'une voix claire et forte, il confirma les sentences.

Quelques instants plus tard, on tira à la loterie les

noms des deux bourreaux. Au milieu des jurons proférés par les perdants, les deux gagnants s'avancèrent, la mine hilare, et comme un seul homme, tirèrent leur épée et les abattirent sur les nuques posées sur les billots.

Et les manquèrent.

Un cri d'étonnement s'éleva de la foule des nobles.

Rocquel luttait contre une sorte de pulsion agressive. Quelque chose de semblable à une énergie, l'avait assailli au côté, tiré par le bras et fait légèrement pivoter. C'est à ce moment-là que les cris commencèrent et il se rendit compte qu'il se passait quelque chose d'anormal.

Il fit volte-face.

Les deux bourreaux s'étaient repris. En grommelant des insultes, ils levèrent leurs épées pour une deuxième tentative.

– Attendez! hurla Rocquel.

Les épées hésitèrent, puis s'abaissèrent lentement. Les deux nobles, furieux et embarrassés, posèrent sur leur roi héréditaire un regard interrogateur.

– Que s'est-il passé? demanda Rocquel.

Ils donnèrent tous deux la même explication.

Ils avaient eu l'impression qu'une rafale de vent frappait leur lame, déviant le coup.

Des sifflets commençaient à jaillir de la foule des spectateurs. Rocquel jeta un regard inquiet autour de lui, et vit du coin de l'œil que l'on poussait Dav vers la porte de l'enclos. Il se tourna vers Jaer.

– Suspendez tout jusqu'à ce que je revienne.

Le chef du clan Dorrish le regarda d'un air

surpris mais ne dit rien. Rocquel se dirigea vers l'endroit où se tenait Dav.

L'humain l'accueillit par une question :

– Que s'est-il passé ?

– C'est ce que je m'apprêtais à vous demander.

Il lui apporta les explications des deux bourreaux.

– Cela ressemble à un Symbole, dit Dav, le front plissé, mais je n'en connais aucun qui puisse s'appliquer à une telle situation. Les règles du droit ont été respectées. Il n'existe rien de mieux pour l'instant sur Jana. Pourquoi ne pas laisser Jaer continuer les exécutions ? C'était peut-être un accident.

Rocquel, se souvenant de ce qu'il avait ressenti au côté droit un moment auparavant, semblable à ce qu'il avait connu le matin de son retour sur Jana – en doutait mais il ne dit rien. Il fit demi-tour, regagna les billots d'exécution et ordonna que les deux ingénieurs fussent remis en liberté. C'était la tradition.

– Vous êtes démis de vos droits, dit-il sèchement aux deux bourreaux qui s'éloignèrent en jurant.

La procédure requérait que ce fût à présent au tour des femelles d'être exécutées. La première était une pauvre petite vieille complètement folle. Elle croyait que la foule s'était rassemblée là pour la fêter. Tenter quelque chose en sa faveur ne vint même pas à l'esprit de Rocquel. Il n'y avait pas de place sur Jana pour les fous. Ils étaient invariablement mis à mort dès lors qu'ils devenaient une charge pour la communauté. Et c'était le cas de cette vieille femme.

Comme Rocquel se tournait pour observer les

trois autres condamnées, Jaer s'interposa. Le grand mâle secouait la tête.

– Sire, dit-il, vous avez encore outrepassé vos prérogatives.

C'était manifestement vrai. Rocquel secoua la tête.

Il dit avec un sourire forcé :

– Il n'est pas si facile d'abandonner le pouvoir. Aussi vous demanderais-je de vous montrer patient avec moi, seigneur Jaer. Mes intentions sont pures.

Rien en retour ne vint dérider l'expression sévère du chef du clan Dorrish.

Quel homme remarquable, songea Rocquel, *a dû être le premier roi de la Terre qui accepta, alors qu'il n'existait pas de précédent, de limiter son pouvoir absolu par l'établissement d'une monarchie constitutionnelle...*

Il ne put se souvenir du nom de ce roi, que Dav lui avait pourtant donné.

Le souvenir historique lui était venu à l'esprit car, même à présent, Rocquel trouvait difficile de se faire à l'idée que les prérogatives qu'il abandonnait, c'était finalement Jaer qui allait en hériter. Mais Rocquel réussit à se détendre.

Il fit un pas en arrière.

– Reprenez, seigneur des Dorrish.

Il put alors observer la scène sans qu'intervienne son moi intérieur, en proie à la confusion.

Il n'était du pouvoir de personne d'aider deux des trois femelles qui restaient. Leurs nobles maris les avaient accusées d'adultère et elles avaient été reconnues coupables. Rocquel, en son for intérieur, doutait que ce crime monstrueux ait été commis, mais ce n'était pas le moment de contester les verdicts de la cour.

Quant à la dernière femelle, elle était coupable d'avoir mis la religion en doute. Quand on l'eut amenée devant eux, Jaer lança un regard interrogateur à Rocquel. Il ne s'attendait évidemment pas à une intervention de sa part et cela n'avait été qu'un geste de pure forme.

Il se détournait quand Rocquel saisit son bras.

Il le regarda, une expression indulgente sur son visage. Il devint parfaitement évident, à mesure qu'il écoutait Rocquel, qu'il était prêt, pour ces questions d'ordre mineur, à laisser au roi la prérogative d'accorder la grâce.

Il conclut :

– Sire, je vais annoncer que la peine est commuée et vous pourrez ensuite en donner les raisons.

Ce qui fut fait.

Rocquel s'adressa brièvement aux nobles rassemblés devant lui, insistant – ainsi que Dav le lui avait recommandé longtemps auparavant – sur la nécessité de conserver à la religion son caractère humanitaire.

La femelle eut la vie sauve.

Puis, il regarda s'avancer les trois nobles aux mines hilares que la loterie avait désignés pour bourreaux, sans savoir ce qui allait se passer. Les deux mâles qui furent désignés pour exécuter les deux femelles adultères exprimèrent à grands cris leur joie d'avoir le privilège d'accomplir un acte de justice aussi utile.

Les trois épées s'élevèrent et s'abattirent avec ensemble.

Les trois femelles s'étaient agenouillées avec fatalisme. Au bout d'un moment, elles levèrent les yeux comme pour demander ce qui se passait d'anormal.

Et ce qui se passait d'anormal, c'était que les trois épées gisaient sur le sol, à quatre mètres de là. Rocquel, qui avait regardé attentivement, avait eu l'impression de voir trop de métal étinceler quand les épées volaient en l'air, mais il n'en était pas certain. Et quelque chose l'avait agrippé, comme des doigts d'acier, au moment de la tentative d'exécution, et l'avait légèrement déplacé.

Rocquel vit que Jaer gisait sur le sol à proximité. Il aida le grand mâle à se relever.

– Que s'est-il passé?

– C'est de la magie, murmura Jaer. Quelque chose m'a assené un coup terrible.

Il avait perdu son assurance et il n'éleva aucune objection lorsque Rocquel lui suggéra d'interrompre les exécutions pendant que l'on procéderait à une enquête.

– Quelle sorte d'enquête? demanda-t-il d'un ton perplexe.

Rocquel lui assura qu'il y avait au moins une personne à interroger.

Aussi, lorsque les femelles eurent été remises en liberté et le deuxième groupe de bourreaux renvoyé, Rocquel alla-t-il chercher Dav et le fit sortir de l'enclos.

– Vous avez vu? lui dit Rocquel d'un ton accusateur.

– Oui. Il n'y a aucun doute, c'est un Symbole. Et la seconde fois, il s'est montré plus violent. La force qui l'anime grandit rapidement.

– Mais de quel Symbole peut-il s'agir? s'étonna Rocquel. Je pensais que les Symboles étaient... (Il s'interrompit en se rappelant qu'il n'avait aucune idée de ce qu'était un Symbole.) Que suggérez-vous? dit-il.

– La prochaine fois, fit Dav, il pourrait bien y avoir des réactions capables de tuer ou de blesser un bourreau. (Un peu de son apathie parut le quitter, ses yeux brillèrent. Il regarda autour de lui avec espoir.) Pourquoi ne laissez-vous pas Jaer tenter de m'exécuter? Cela résoudrait énormément de problèmes.

Rocquel fronça les sourcils puis secoua la tête. Si le chef du clan Dorrish était tué ou blessé, cela ne servirait qu'à jeter le désordre parmi une fraction importante de la population jana.

Les sifflets et les cris recommençaient de plus belle, demandant que des décisions interviennent. Néanmoins, les nobles étaient perplexes. Le ton des voix laissait à penser qu'ils ne savaient pas très bien ce qui se passait. Et en fait, les cris ne provenaient que d'une minorité. Rocquel se rendit compte que les événements qui s'étaient produits au point focal des exécutions leur étaient certainement restés obscurs.

Mais il était vrai que personne n'avait jamais pu expliquer quoi que ce soit aux nobles de Jana pris en tant que groupe.

Le fait qu'on ne pût attendre aucune aide de la part de la noblesse rendait les choses encore plus difficiles. Rocquel était désorienté. Il demeurait là, debout, à ne savoir que faire. Les cris augmentaient, se faisaient plus insistants. Soudain, Rocquel comprit que, en faisant sortir Dav de l'enclos des prisonniers, il avait donné l'impression que l'humain était la prochaine victime désignée pour l'exécution.

Et c'était la vie de Dav que demandaient les cris.

Dav était pâle mais il hurla pour couvrir le tumulte, presque directement dans l'oreille de Rocquel :

– Pourquoi ne pas essayer? Pour voir ce qui va se passer.

Rocquel tenta de lui répondre. Il voulait dire : *Que se passe-t-il? Le Symbole que je croyais contrôler agirait-il indépendamment de moi? Indépendamment de tout?*

Il ne réussit pas à le dire. Les mots ne voulaient pas sortir. Son visage se tordit dans l'effort qu'il fit pour articuler.

– Qu'y a-t-il, sire?

Rocquel essaya à nouveau de parler, mais il n'y parvint pas. Un sentiment d'humiliation l'envahit.

Je suis programmé. J'ai pu parler à Miliss du Symbole dont j'ai le contrôle mais je ne peux pas en parler à Dav...

Non qu'il l'eût jamais entièrement contrôlé, il s'en rendait parfaitement compte maintenant. Le Symbole était lié à lui de quelque façon; mais, à la manière d'un Symbole, il avait réagi à cette situation parce qu'elle avait un rapport avec lui.

– J'ai le sentiment, dit Rocquel, et à présent les mots venaient aisément, que ces exécutions ne sont pas autorisées.

Ainsi, il ne pouvait parler que s'il ne faisait pas allusion à son Symbole.

Dav secoua la tête.

– Je ne comprends pas. Le temps où la peine capitale sera abolie sur Jana n'est pas encore venu. En fait... (Il parut terrifié. Il fit un geste vague, qui embrassait l'horizon.) Si les millions de mâles paranoïaques qui peuplent cette planète découvrent qu'ils ne peuvent pas être exécutés, alors c'est l'enfer qui commence.

L'image catastrophique – pillages, viols, meurtres – que suggéraient les mots de l'humain fit courir un frisson le long de l'échine de Rocquel. Il se représenta des armées de criminels écumant les rues, des bandes ravageant tout le pays. Il fallait faire quelque chose immédiatement.

Il se souvint alors des fonctions du chef du clan Dorrish et la nécessité pour lui de le consulter. Il le chercha du regard et l'aperçut un peu plus loin. Le grand mâle observait Dav avec des yeux rétrécis.

Rocquel n'eut pas le temps de s'attarder. Le vacarme mené par les nobles de Jana atteignait un tel niveau que toute conversation devenait impossible. Il commanda aux tambours de battre pour demander le silence.

Un instant plus tard, il faisait part à l'assistance stupéfaite de l'intervention d'un Symbole.

Lorsqu'il eut achevé, une voix véhémente lança :

– Qu'on le lynche pour arrêter toutes ces inepties!

Celui qui avait parlé dut tenter de se frayer un chemin en avant, car un mouvement s'amorça. Dix, puis vingt, puis des centaines de nobles se précipitèrent en avant.

– Sauvez-vous! il y va de votre vie! cria une voix à l'oreille de Rocquel.

Le ton était si pressant que Rocquel s'était déjà

élancé à une vingtaine de mètres lorsqu'il se rendit compte que c'était Dav qui lui avait crié l'avertissement. Il s'arrêta pour se retourner... juste à temps pour contempler le désastre.

8

Des corps s'élevaient dans les airs en tournoyant, comme s'ils étaient pris dans un tourbillon. Une fontaine, arrachée par une force invisible, était déjà haut dans les airs, tournant sur elle-même comme une énorme toupie.

Du coin de l'œil, Rocquel vit Dav qui jouait des coudes pour le rejoindre à travers la foule qui reculait. L'humain réussit à le rejoindre et cria :

– Vite ! S'ils sont entraînés plus haut, ils risquent de se blesser ou même de se tuer en retombant.

– Que voulez-vous dire, vite ? demanda Rocquel d'une voix blanche.

Les yeux de Dav, si brillants l'instant précédent, se voilèrent. Une expression de perplexité se peignit sur son visage.

– Qu'est-ce que j'ai ? murmura-t-il. Je ne sais pas pourquoi j'ai dit cela.

Mais Rocquel avait perçu le véritable message que sa réaction portait en elle. *Il est programmé lui aussi...*

Il sentit la vérité se faire jour en lui. Elle le gênait. Mais la vérité était incontestablement que ce qu'il avait sous les yeux, c'était manifestement le Symbole dont on lui avait remis le contrôle.

Il y avait pourtant quelque chose de rassurant dans le fait qu'à l'heure décisive, c'était à lui, Rocquel, le général héréditaire de Jana, qu'on avait laissé la décision ultime.

Tout en évoquant rapidement dans son esprit la trame mentale qui permettrait à l'énergie Tigane de maîtriser le Symbole, Rocquel songeait : *Le contrôle d'une planète à l'aide des Symboles ne demande qu'une très faible interférence directe des individus. Une simple poignée d'individus clés...*

De tous les événements, le fait le plus marquant était que les deux mentors – Dav et Miliss – n'avaient pas non plus été autorisés à agir de leur propre initiative.

Quand le tourbillon se fut apaisé, les nobles de Jana commencèrent à retomber sur le sol, où quelques-uns restèrent un long moment inanimés. Rocquel suggéra à Jaer de faire suspendre les exécutions. Le grand mâle posa sur lui un regard sans expression.

– Votre Majesté, finit-il par dire avec stupeur. Je doute fort que nous trouvions une seule personne pour jouer le rôle de bourreau.

Rocquel en était parfaitement convaincu. Il dit d'un ton doux que la décision de faire suspendre les exécutions devait être prise par le gouvernement et non par le monarque constitutionnel. Il ajouta, en regardant Jaer dans les yeux :

– J'ai également l'impression que le gouvernement devrait accorder sa grâce à Dav.

Ces mots lui attirèrent d'abord un regard noir de

la part du chef du clan Dorrish. Puis le visage habituellement rébarbatif de Jaer s'éclaira d'un sourire.

– Majesté, dit-il, je voudrais me référer à une remarque que vous avez faite tout à l'heure. Je me suis rendu compte aujourd'hui que vos intentions étaient pures et qu'il est difficile d'abandonner ses prérogatives. Mais il est dur aussi pour quelqu'un comme moi d'accepter un accroissement de ses pouvoirs... Je puis vous affirmer néanmoins que je ferai de mon mieux. Je vois la fonction du Premier ministre comme un rôle impliquant une grande intégrité et... (Il fit un geste de la main et ajouta d'un ton solennel :) Pour vous prouver que j'aspire sincèrement à ce degré d'intégrité, je sollicite, en ma qualité de chef du gouvernement, et ce jusqu'aux prochaines élections qui auront lieu conformément à la nouvelle loi, que vous accordiez votre grâce à l'humain Dav.

– Je l'accorde.

C'était une grande victoire. Pourtant, en rentrant au palais entouré de son escorte motorisée, il ressentit un certain abattement. Au bout d'une centaine de mètres, il s'aperçut qu'une pensée qui l'avait traversé auparavant lui revenait avec plus de virulence.

Je suis programmé, et c'est dégradant...

De retour au palais, il fit part à Nerda de ses sentiments. Elle passa la fin de l'après-midi et une partie de la soirée à en discuter avec lui. La programmation, lui expliqua-t-elle, pouvait être comparée à la goutte de colorant chimique capable de donner à une masse d'eau courante une légère teinte bleutée. Rien ne pouvait arrêter ou détourner les flots, à l'exception d'un barrage; et pourtant, après l'addition du produit chimique, ils avaient pris une teinte spécifique.

L'analogie déclencha une pensée chez Rocquel. La programmation à laquelle il avait été soumis avait pris la forme de la civilisation accélérée d'un mâle paranoïde, lui-même. Il était toujours général héréditaire, et toujours le mari de Nerda, et il n'avait nullement l'intention d'abandonner ni le rang ni la femme. Pourtant, il avait toléré un changement dans l'exercice de ses pouvoirs et il avait accepté de faire des concessions et de perdre le contrôle absolu de sa femme.

Et il ne ressentait, en aucun cas, de frustration.

Nerda suggéra que la programmation à long terme de Dav et Miliss pouvait être destinée à leur rendre acceptable l'existence intolérable qui serait celle d'un jeune couple abandonné sur une planète étrangère. Et comme le flux vital coulait en eux pour l'éternité, ils avaient été programmés séparément en tant qu'homme et femme afin de surmonter les périodes de crise. Ainsi, la grande civilisation qui vivait quelque part dans l'univers contrôlait même ses propres émissaires.

Ils seraient peut-être les seuls de leur génération, poursuivit Nerda, Rocquel et elle-même, à connaître la vérité et, à un degré moindre, Jaer. Le général héréditaire et sa femme et le chef héréditaire du principal clan vassal, le clan des Dorrish. Néanmoins, leur personnalité propre demeurait irrésistiblement un domaine privé. Le flux qui les identifiait en tant que Janas coulait en eux, mais c'était à présent des êtres plus civilisés qui en sentaient le courant.

Elle dut s'apercevoir à l'expression de son visage qu'elle pouvait à présent changer de sujet.

– As-tu toujours le contrôle du Symbole? demanda-t-elle.

Il faisait nuit et ils se tenaient devant l'immense baie vitrée qui donnait sur les Monts Lisses.

Rocquel se représenta les trois premières phases du processus énergétique Tigane. Il sentit aussitôt un frôlement sur sa jambe. Puis ce fut la même sensation d'agrippement. La matérialisation d'un champ d'énergie dont il devinait la force extraordinaire.

Il se hâta de penser à autre chose.

– Oui, dit-il, il est toujours là.

– Personne ne pourra être tué en ta présence tant que tu auras le contrôle du Symbole, dit Nerda. Ont-ils dit à quel moment ils le reprendraient?

Rocquel s'apprêtait à lui faire la même réponse qu'à Miliss lorsqu'il s'aperçut que quelque chose avait changé entre-temps. Une barrière s'était effondrée dans sa mémoire. Il se souvint exactement de ce qu'on lui avait dit.

– Non, dit-il. Ils me l'ont donné, simplement. C'est un cadeau à vie.

Il commença à se sentir mieux.

En ma présence, personne ne peut être tué...

Il eut soudain conscience que c'était un Symbole supérieur, qui se tenait à des hauteurs presque inimaginables de compréhension et de puissance. Au plus profond de lui-même, quelque chose d'infiniment sauvage s'adoucit. Maintenant qu'il détenait l'un des Symboles ultimes de l'humanité, il acceptait avec humilité sa sous-humanité.

Le fait d'être libre procura à Dav une sensation étrange. Il se dirigea à pas lents vers un restaurant voisin et s'assit à une table. Il était en train de manger distraitement lorsqu'il entendit la radio annoncer qu'il avait été gracié. La nouvelle le frappa avec une intensité extraordinaire. Les forces vitales s'animèrent en lui.

Il s'aperçut que les clients du restaurant le regardaient avec curiosité. Il n'y avait aucune trace d'hostilité dans leurs regards.

Il n'avait envie d'aller nulle part particulièrement. Aussi, une fois dans la rue, il erra au hasard. Finalement une question lui vint à l'esprit.

Suis-je en train d'essayer de résoudre un problème? et lequel?

Il n'arrivait pas à y répondre, tout lui paraissait lointain. Il avait l'impression qu'il avait quelque chose de bien précis à faire. Mais quoi?

La nuit tomba.

Il fit signe à un autobus de s'arrêter. Le véhicule étincelant ralentit en faisant tinter ses clochettes. Personne ne lui adressa la parole lorsqu'il y prit place.

Quelques jeunes gens montèrent à l'arrêt suivant. Ils s'installèrent et le regardèrent en ricanant. Mais ils descendirent bientôt pour s'élancer vers l'entrée d'un parc brillamment illuminé où des centaines d'adolescents dansaient au rythme d'un tempo rapide.

Il continua de se montrer aux Janas jusqu'aux

environs de minuit sans provoquer d'incidents fâcheux. Il regagna la maison blanche au bord de la rivière. Il pénétra dans l'aile ouest. Il pensait que Miliss devait se trouver dans l'autre aile de la demeure mais il ne fit rien pour essayer d'entrer en contact avec elle.

Il se laissa aller au sommeil sélectif destiné à déclencher un processus programmé dans son cerveau depuis très longtemps. Toujours endormi, il se rendit dans une pièce qu'on avait équipée avec du matériel apparemment ordinaire mais, en pressant certains boutons et en manœuvrant dans un ordre déterminé certains cadrans Dav activa un système secret de communication en certain lieu de la planète.

Des ondes radio subspatiales transmirent alors un message à plusieurs années-lumière de là. Le message disait : « La crise que vient de connaître la dernière phase de la royauté a été surmontée... »

Le message se répéta à plusieurs reprises jusqu'à ce qu'un relais soit formé sur la planète réceptrice.

Une voix – ou une pensée – dit : « Message reçu et enregistré. »

Un voyant s'alluma devant Dav et, toujours endormi, il retourna se coucher.

Miliss l'avait d'abord observé à travers les « espions » puis, s'apercevant de l'état dans lequel il se trouvait, elle le suivit pas à pas.

Aussi, quand il quitta la pièce d'où il avait envoyé son message, elle s'approcha à son tour des pseudo-appareils électroniques et s'adressa au correspondant lointain. Ce fut comme si l'on s'était attendu à sa communication.

La voix répondit :

– Nous avons atteint un stade qui autorise la femme – vous – à connaître une part de la vérité.

– Quelle est la vérité? demanda Miliss. (Sans attendre la réponse, elle posa rapidement une autre question :) Y a-t-il une mort universelle ou cette idée est-elle le résultat d'une programmation précoce?

– A la prochaine crise, lui répondit-on, vous pourrez nous rendre visite et voir par vous-même. En attendant, l'homme – Dav – ne devra pas être mis au courant. En fait, vous découvrirez que si vous tentiez de le lui dire, vous n'y arriveriez pas.

– Pourquoi ne rien lui dire?

Il apparut que les raisons étaient liées aux aspirations du mâle et à l'idéalisme qui en découlait.

– C'est tout ce que nous pouvons vous dire, dit la voix lointaine.

Quand le contact fut coupé, Miliss se sentit soudain beaucoup mieux. Elle avait le cœur plus léger, comme si elle était de nouveau un être humain, et non un simple objet animé, vestige d'une culture morte. Elle ressentait une étrange tendresse pour le pauvre surhomme programmé qui était son mari. Alors, elle se lança dans la tâche longue et difficile qui consistait à réemménager dans l'aile ouest de la maison.

Au matin, la plupart des affaires précieuses qu'elle possédait avaient réintégré leur place. Et, quand Dav s'éveilla, il vit une jeune femme blonde qui lui souriait, avec une lueur d'innocence dans les yeux, comme si tout ce qu'elle avait fait, y compris son retour, était parfaitement logique.

L'apparition lui dit :

– J'espère que tu es content d'avoir de nouveau une femme.

Sur une planète où il n'y a qu'une seule femme et si cette femme est très belle, que peut répondre à cela le seul homme?

Dav se déclara content et dit :

– Viens un peu par là, toi.

ACCOMPLISSEMENT

J'occupe le sommet d'une colline. J'ai l'impression d'avoir été là de tout temps. Il m'arrive de me dire que mon existence doit avoir un sens. Chaque fois que cette pensée me traverse, je me mets à examiner les diverses probabilités, j'essaie de déterminer ce qui peut bien justifier ma présence sur cette colline. Tout seul sur une colline au pied de laquelle s'étale une vallée profonde. Pour toujours.

Une première raison apparaît d'emblée : je pense. Posez-moi un problème. La racine carrée d'un très grand nombre. La racine cubique d'un grand nombre. Demandez-moi de multiplier par lui-même un nombre de dix-huit chiffres un quadrillion de fois. Posez-moi un problème à courbes variables. Demandez-moi de déterminer la position d'un objet à une date future et donnez-moi un bref instant pour analyser le problème.

Il ne me faudra qu'un instant pour fournir la réponse.

Mais personne ne me demande jamais ce genre de choses. Je suis là, tout seul, sur une colline. Quelquefois, je calcule le déplacement d'une étoile filante. Parfois, j'observe une planète lointaine et je suis, des années durant, sa trajectoire, en me servant de tous les moyens de contrôle spatio-temporels dont je dispose pour ne pas risquer de la perdre de vue. Mais que ces activités me semblent vaines! Elles ne mènent nulle part. A quoi bon tout ce savoir?

Dans ces moments-là, j'ai le sentiment d'être imparfait. J'ai quasiment l'impression qu'il y a autre chose, un peu au delà de ce que je peux concevoir, quelque chose qui donnerait un sens à tout cela.

Tous les jours le soleil se lève au-dessus de l'horizon. La Terre n'a plus d'atmosphère. L'horizon est noir et étoilé, ce n'est qu'un morceau de l'immensité noire et constellée de la voûte céleste.

Elle n'a pas toujours été noire. Je me souviens d'une époque où le ciel était bleu. J'avais même prédit le changement. Et j'avais fourni ce renseignement à quelqu'un. Mais ce qui m'intrigue à présent, c'est que je ne me souviens plus à qui.

C'est l'un de mes plus étonnants souvenirs. J'ai le sentiment très net que quelqu'un tenait à ce renseignement et que je le lui ai donné. Et pourtant, j'ai oublié de qui il s'agissait. Quand de telles pensées me traversent, je me demande si je n'ai pas perdu en partie la mémoire. Cette impression est étrangement forte.

Périodiquement, j'ai la conviction que je devrais chercher à comprendre. Cela me serait assez facile. Je n'hésitais pas autrefois à détacher des unités de moi-même pour les envoyer à l'autre bout de la planète. Il m'est même arrivé de lancer jusqu'aux étoiles des parcelles de moi. Oui, la tâche me serait aisée.

Mais à quoi bon? Qu'y a-t-il à découvrir? Je suis là, tout seul, sur une colline, seul sur une planète vieillie et désormais inutile.

Un autre jour. Comme à l'habitude, le soleil a entrepris son ascension dans le ciel de midi, ce ciel éternellement noir et constellé.

Tout à coup, par-delà la vallée, sur le versant opposé inondé de soleil, fulgure un éclair argenté. Un champ de forces se matérialise hors du temps avant de se régler sur le mouvement temporel normal de la planète.

Je découvre sans mal qu'il arrive du passé. J'identifie la forme d'énergie utilisée, je la délimite et j'en détermine logiquement l'origine. Conclusion : elle provient du passé de la planète, à des milliers d'années en arrière.

Mais qu'importe le moment exact? Elle est là et elle a déjà localisé ma présence. Elle m'adresse un message que je me découvre non sans intérêt capable de déchiffrer à la lumière d'un savoir acquis dans le passé.

Elle dit :

– Qui êtes-vous?

Et je réplique :

– Je suis celui qui est imparfait. Veuillez retourner d'où vous venez, je vous prie. Je me suis programmé de manière à être en mesure de vous suivre à distance. Je désire me parfaire.

J'étais parvenu à cette solution en quelques secondes. Je ne suis pas capable de me déplacer dans le temps par moi-même. Jadis, alors que j'avais résolu le problème des voyages temporels, on m'avait presque aussitôt empêché de concevoir un quelconque mécanisme grâce auquel j'aurais pu effectuer moi-même de tels passages vers le passé ou l'avenir. Les détails de cette affaire m'échappent à présent.

Mais le champ d'énergie qui vient d'apparaître possède le mécanisme voulu. En établissant avec lui une relation non dimensionnelle, je peux le suivre partout.

Avant même qu'il ait deviné mes intentions, la relation est établie.

L'entité qui me fait face n'a pas l'air d'apprécier ma réponse. Elle commence un nouveau message à mon intention puis disparaît d'un seul coup. Je me demande si elle n'a pas tenté de me prendre par surprise.

Naturellement, nous arrivons ensemble dans son temps.

Là-haut, le ciel est bleu. De l'autre côté de la vallée, – à présent à moitié enfouie dans les arbres – j'aperçois une installation formée d'une série de petites structures disposées autour d'un bâtiment plus grand. J'étudie l'édifice du mieux que je peux et je m'empresse d'effectuer sur moi-même les adaptations appropriées afin de passer inaperçu au sein du milieu environnant.

Et là, sur ma colline, j'attends de voir ce qui va se passer.

Avec le déclin du soleil, une légère brise s'élève, puis les premières étoiles se mettent à briller. Elles sont différentes, à travers l'atmosphère brumeuse.

A mesure que l'obscurité descend dans la vallée, les structures d'en face changent d'aspect. Elles s'éclairent. Des fenêtres s'allument. Le vaste édifice central s'illumine et, à mesure que la nuit s'avance, les murs transparents s'éclairent brillamment.

La nuit succède au soir, et le jour à la nuit, et le jour suivant rien ne se passe.

Vingt jours et vingt nuits.

Le vingt et unième jour, j'envoie un message à la machine d'en face, dans lequel je dis : « Il n'y a pas de raison pour que vous et moi ne nous partagions pas le contrôle de cette région. »

La réponse n'est pas longue à venir : « Je partagerai si vous me révélez immédiatement vos mécanismes de fonctionnement. »

Je ne désire rien d'autre que de pouvoir utiliser les organes qui lui permettent de se déplacer dans le temps. Mais je ne vais sûrement pas m'aviser de lui révéler que je ne suis pas capable de construire moi-même une machine temporelle.

Je lance : « Je serais heureux de vous donner tous les renseignements qui vous intéressent. Mais qu'est-ce qui me prouve que vous n'allez pas profiter d'une plus grande connaissance de l'époque où nous nous trouvons pour les retourner contre moi ? »

La machine contre-attaque : « Qu'est-ce qui me prouve que vous me donnerez bien tous les renseignements vous concernant ? »

Nous sommes dans une impasse. Nous n'avons, bien sûr aucune raison de nous faire mutuellement confiance.

Je ne m'attendais pas à autre chose. Mais j'ai au moins découvert en partie ce que je voulais savoir. Mon adversaire me considère comme supérieur à lui. Son opinion, ajoutée à la connaissance que j'ai de mes propres capacités, me donne à penser qu'il est dans le vrai.

En conséquence, rien ne presse. Je me remets à attendre patiemment.

J'ai déjà eu l'occasion de me rendre compte que l'espace qui m'entoure est animé, parcouru d'ondes – des radiations artificielles – susceptibles de se transformer en sons ou en lumière. J'écoute la musique et les voix. Je regarde les dramatiques, j'assiste à toutes sortes de scènes de la vie urbaine ou rurale.

J'étudie l'image des êtres humains. J'analyse leur comportement et je m'efforce d'évaluer leur intelligence et leurs capacités réelles et virtuelles en observant leurs faits et gestes et en me fondant sur les discours qu'ils tiennent.

Je n'ai pas une très haute opinion d'eux et pourtant, j'ai bien l'impression qu'à leur manière, qui est extraordinairement lente, ils ont eux-mêmes construit la machine qui est aujourd'hui mon principal adversaire. Il se pose donc une question préoccupante : comment un être peut-il créer une machine qui lui est supérieure ?

Je commence à me faire une idée de l'époque dans laquelle je suis tombé. La technologie est rudimentaire, sous tous ses aspects et doit en être à ses premiers balbutiements. Si j'en juge par l'ordinateur installé de l'autre côté de la vallée et dont j'estime qu'il ne doit pas avoir plus de quelques années.

Si je pouvais remonter dans le temps jusqu'à une période antérieure à sa construction, je pourrais installer un mécanisme qui me permettrait d'en prendre le contrôle.

Un calcul me donne la nature du système à

installer et je déclenche le système de commande adéquat à l'intérieur de ma propre structure.

Rien ne se passe.

Apparemment, je ne suis pas en mesure de créer des moyens permettant de voyager dans le temps pour un tel objectif. De toute évidence, la méthode par laquelle je m'emparerai du contrôle de mon adversaire se situe dans l'avenir et non dans le passé.

Le quarantième jour pointe à l'horizon et s'avance inexorablement vers l'heure de midi.

On frappe à la pseudo-porte. Je l'ouvre et considère l'humain de sexe masculin qui se tient sur le seuil.

– Vous ne pouvez pas laisser cette cabane ici, dit-il. Vous êtes sur la propriété de Mlle Anne Stewart.

C'est le premier être humain à qui j'ai affaire depuis mon arrivée. Je suis pour ainsi dire certain qu'il s'agit d'un agent de mon adversaire et je décide donc de ne pas m'introduire dans son esprit. Le faire de force présente certains dangers que je n'ai nulle envie de courir en ce moment.

Je continue de le regarder en m'efforçant de saisir le sens de ses paroles. En créant lors de mon arrivée dans cette époque ce qui me semblait une version discrète de l'édifice que je voyais sur l'autre versant, j'espérais bien passer inaperçu.

– Propriété?

Je répète lentement le terme et l'homme réplique sèchement :

– Qu'est-ce qu'il y a? Vous ne comprenez pas l'anglais?

L'individu à qui j'ai affaire est un peu plus grand

que la partie de moi-même que j'ai fabriquée sur le modèle de la forme de vie intelligente de l'époque. Son visage a changé de couleur. La lumière commence à se faire en moi. Parmi les dramatiques auxquelles j'ai assisté, certaines prennent soudain un sens. La propriété. Mais oui – l'appropriation privative.

Pourtant, je me contente de dire :

– Il n'y a rien. Je dispose de seize catégories différentes de fonctionnement et – oui – je comprends parfaitement l'anglais.

Cette réponse platement objective provoque chez l'homme une réaction extraordinaire. Il tend les mains vers mes pseudo-épaules, les agrippe fermement... et s'agite devant moi comme s'il voulait me secouer. Comme je pèse neuf cent mille tonnes, son effort physique ne produit strictement aucun résultat.

Ses doigts relâchent leur étreinte. Il fait quelques pas en arrière. L'aspect superficiel de son visage a de nouveau changé, le rose qui le colorait quelques instants auparavant s'en est retiré. Sa réaction semble indiquer qu'il dispose d'un certain libre arbitre et n'est pas contrôlé en permanence. Le tremblement de sa voix quand il parle semble confirmer qu'il agit individuellement et qu'il n'a pas conscience du danger exceptionnel que lui fait courir sa démarche.

– En tant que fondé de pouvoir de Mlle Stewart, dit-il, je vous somme de débarrasser la propriété que voici de cette cabane avant la fin de la semaine. Sinon!

Avant que j'aie pu lui demander d'expliquer ce mystérieux « sinon », il se détourne et se dirige rapidement dans la direction d'un animal à quatre pattes qu'il avait attaché à un arbre à quelques mètres de là. Il monte à califourchon sur son dos et part au trot en longeant la rive d'un petit ruisseau.

J'attends qu'il soit hors de vue et je mets en place une catégorie non dimensionnelle entre le corps principal et l'unité à forme humaine avec laquelle je viens de confronter mon visiteur. En raison de la petite taille de cette unité, je ne peux lui transmettre qu'une quantité d'énergie minime.

Le processus que je viens d'évoquer met en jeu une série de mécanismes assez simples. Les cellules intégrantes des centres de la perception sont branchées sur une projection énergétique à forme humaine. En théorie, la forme projetée reste partie intégrante du réseau de forces que constitue le centre de perception et, toujours en théorie, elle ne semble pouvoir s'en détacher qu'en milieu non dimensionnel.

Mais cette hypothèse hylostatique n'empêche pas l'Univers d'avoir une existence réelle. Si je suis en mesure d'établir un milieu où il n'y a pas de dimension, c'est que la théorie reflète la structure des choses : il n'y a pas de matière. Dans la réalité, l'illusion de l'existence de la matière est cependant tellement aiguë que je fonctionne comme si la matière existait, comme si j'existais moi-même en tant que matière – c'est même dans ce but que l'on m'a construit.

Aussi, lorsque, sous forme d'unité à forme humaine, je traverse la vallée, c'est bien une séparation qui se produit. Si toutes sortes d'automatismes sont encore possibles, je suis la conscience puisque les extéro-percepteurs m'accompagnent au long de cette route pavée qui mène là ou je vais, et ce que je laisse derrière moi, c'est le corps.

En arrivant à proximité du village j'aperçois le faîte des toits à travers le feuillage qui les masque à demi. Un grand édifice, celui que j'avais remarqué, dépasse la cime des plus grands arbres. C'est lui qui fait l'objet de mon enquête et, même à bonne distance, je ne l'observe donc qu'avec une certaine circonspection.

La pierre et le verre sont les matériaux dominants dans ces constructions. Le plus grand bâtiment est surmonté d'une coupole, un dôme renfermant des instruments d'astronomie. L'allure générale est assez primitive et je commence à penser que, étant donné ma taille et mon aspect présent, il n'y a guère de risque que je sois remarqué tout de suite.

Le village entier est entouré d'une haute clôture grillagée. Je sens la présence d'un courant électrique et, dans l'écartement des deux fils supérieurs, j'évalue la puissance à 220 volts. Mon corps est un peu petit pour absorber la secousse et je la transmets à une batterie qui est restée de l'autre côté de la vallée.

Une fois à l'intérieur, je me dissimule dans un taillis au bord d'un chemin, que je choisis comme poste d'observation.

Non loin de là, un homme avance le long d'un sentier. J'avais à peine regardé le fondé de pouvoir qui m'avait rendu visite quelque temps auparavant. Cette fois, j'entre en contact direct avec le corps du second individu que je rencontre.

Il se passe ce que j'avais prévu. C'est moi à

présent qui avance le long du sentier. Je ne fais aucune tentative visant à l'influencer. Je pars à la découverte. Mais je suis suffisamment bien en phase avec son système nerveux pour que mes pensées se confondent avec les siennes.

Il est employé comptable, ce qui est une situation non satisfaisante de mon point de vue. Je coupe le contact.

Je fais six autres tentatives avant de découvrir le corps qu'il me faut. Ce qui me décide, c'est la réflexion que se fait à un moment donné mon septième homme – et moi-même.

« ... pas satisfait du fonctionnement du Cerveau. Les systèmes analogues que j'ai installés voilà cinq mois n'ont pas apporté les améliorations que j'escomptais. »

Il s'appelle William Grannitt. C'est l'ingénieur chargé de la recherche appliquée au Cerveau. C'est lui qui est responsable des altérations de structure qui ont permis à celui-ci de prendre le contrôle de lui-même et de son environnement. C'est un individu posé et qui a de la nature humaine une vision perspicace. Il va falloir que j'agisse prudemment avec lui. Il sait exactement ce qu'il veut faire et serait très étonné si j'essayais d'y changer quelque chose. Je ferais peut-être mieux de me contenter de l'observer.

En quelques minutes, j'ai une vision partielle d'une série d'événements, tels que le village a dû les vivre cinq mois auparavant. On équipa à l'époque un ordinateur, le Cerveau, de circuits supplémentaires, comprenant des formations analogues destinées à accomplir une grande part du travail du système nerveux humain. Du point de vue du constructeur, la totalité des opérations pouvaient être contrôlées par commandes verbales spécifiques, messages dactylographiés, ou, à distance, par radio.

Malheureusement, certaines potentialités du système nerveux qu'il s'efforçait de reproduire artificiellement avaient échappé à Grannitt. Le Cerveau, en revanche, s'empressa de les mettre en pratique.

Grannitt ne se doutait de rien. Et le Cerveau, tout à son travail, utilisait ses nouvelles capacités sans se soucier de passer par les circuits que Grannitt avait prévus à cet effet. Ce dernier se préparait donc à le démonter pour faire de nouveaux essais. Il ne se doutait pas encore que le Cerveau lui résisterait. Mais lui et moi – quand j'aurai eu le temps d'explorer sa mémoire pour connaître le fontionnement du Cerveau –, nous pourrons accomplir ses projets.

Après quoi, j'aurai la possibilité de prendre le contrôle de toute cette période sans craindre de rencontrer de rival. J'ignore encore par quels moyens, mais je sens que mon accomplissement est pour bientôt.

Satisfait d'avoir trouvé l'homme qu'il me fallait, je laisse l'unité tapie dans les taillis dissiper son énergie. En un instant, elle cesse d'exister comme entité séparée.

Je suis quasiment dans la peau de Grannitt, je me trouve dans son bureau, assis à sa table de travail. Le sol est carrelé, les murs et le plafond, qui brille de tous ses feux, sont en verre. A travers la cloison, j'aperçois des dessinateurs à leur table à dessin et une jeune femme, derrière la porte de mon bureau : ma secrétaire.

Sur mon bureau, une enveloppe contient un message. Je l'ouvre. J'en sors une feuille de papier que je me mets à lire. Tout en haut de la feuille on a écrit :
Note destinée à William Grannitt, directeur des bureaux d'Anne Stewart.

Le message est le suivant :

« Il est de mon devoir de vous annoncer qu'à compter d'aujourd'hui, nous nous dispenserons de vos services. En raison des consignes de sécurité en vigueur à l'intérieur du village du Cerveau, je vous demanderais de vous rendre, à 18 heures, au Centre de Protection afin d'y retirer votre congé. Il vous sera alloué l'équivalent de deux semaines de préavis. »

Salutations distinguées.
Anne Stewart.

En tant que Grannitt, je n'ai jamais songé à Anne Stewart comme à un individu ou à une femme. Je tombe des nues. Pour qui se prend-elle? Elle est propriétaire, d'accord. Mais qui est-ce qui a imaginé puis conçu le Cerveau? Moi, William Grannitt. Qui est-ce qui a forgé des rêves sur ce que pourrait représenter pour l'homme une véritable civilisation de la machine? Moi seul, William Grannitt.

En tant que Grannitt, je suis furieux à présent. Je dois refuser ce licenciement, il faut que j'essaie de convaincre cette femme de retirer son préavis avant qu'il n'ait commencé à produire ses effets.

Je jette encore un coup d'œil à la feuille de papier que j'ai entre les doigts. En haut à droite, en caractères dactylographiés, je lis : 13 h 40. Je consulte ma montre, il est 16 h 07. En deux heures, toutes les personnes intéressées ont eu le temps d'être prévenues.

Je ne peux pas me contenter d'une simple supposition. Je dois la vérifier tout de suite.

Je jure entre mes dents et décroche mon téléphone. Je compose le numéro de la comptabilité. La première chose destinée à rendre ma mise à pied effective serait de prévenir la comptabilité.

Il y a un déclic puis :

– Service comptabilité.

– Bill Grannitt à l'appareil.

– Ah, oui. Monsieur Grannitt, j'ai un chèque pour vous. Désolé d'apprendre que vous nous quittez.

Je raccroche et je compose le numéro du Centre de Protection, mais je crois bien que je pars battu. Je ne m'obstine qu'en fonction d'un vague espoir. Au Centre de Protection, mon interlocuteur, me dit :

– Désolé d'apprendre que vous nous quittez, monsieur Grannitt.

Je raccroche, dégoûté. Inutile de vérifier auprès de l'Agence Gouvernementale; ce sont eux qui auront prévenu le Centre de Protection.

Devant l'étendue de la catastrophe, je reste pensif. Si je veux qu'on me réembauche, il me faudra endurer l'interminable corvée que représentent les démarches administratives de demande d'emploi : interrogatoires multiples, commission d'enquête, examen minutieux des causes de mon licenciement. Je pousse un gémissement, je refuse d'en passer par là. Le zèle de l'Agence Gouvernementale est proverbial parmi le personnel attaché au Cerveau.

Je trouverai du travail dans une autre compagnie attachée à un ordinateur. Une compagnie qui ne sera pas dirigée par une femme capable de renvoyer le seul homme qui connaisse le fonctionnement de sa machine.

Je me lève. Je sors de mon bureau puis de l'immeuble. J'arrive à présent à mon pavillon personnel.

Le silence qui m'accueille me rappelle encore une fois que cela fait maintenant treize mois que ma femme est morte. Je frissonne, puis hausse les épaules. Sa mort a cessé de m'affecter avec autant de violence. Pour la première fois, mon départ m'apparaît comme une occasion de recommencer ma vie sentimentale.

Je passe dans mon bureau et m'installe devant une machine à écrire qui peut être mise en concordance avec une autre machine installée à l'intérieur du nouveau secteur du Cerveau. Je suis déçu, en tant qu'inventeur, de ne pas pouvoir démonter et remonter le Cerveau pour mener mes projets à terme. Mais j'imagine déjà les modifications fondamentales que je vais introduire sur un nouveau Cerveau.

Pour celui que je laisse derrière moi, je voudrais faire en sorte que les nouvelles installations ne viennent pas gêner la précision parfaite des plus anciennes. C'est toujours celles-ci qui sont chargées de répondre aux questions que posent au Cerveau les savants, les ingénieurs, et ceux qui louent son temps.

Sur la bande – destinée aux ordres durables – je tape : « Segment 47LA-33-10-10 à 3X-moins. »

Le segment 47LA est une formation analogue

placée dans une roue monumentale. Quand on le met en coordination avec un transistor (numéro de code 33) un servomécanisme crée un réflexe qui sera déclenché chaque fois que 3X (nom de code attribué au nouveau secteur du Cerveau) recevra une commande de l'extérieur. Le symbole « moins » indique que les installations anciennes devront examiner toutes les données en provenance du nouveau secteur.

Le 10 supplémentaire représente le même circuit sur un itinéraire différent.

Ayant ainsi protégé l'organisation – je le crois du moins (en tant que Grannitt) – contre les initiatives d'ingénieurs qui ne se seraient pas rendu compte que les nouveaux secteurs ne fonctionnaient pas parfaitement, je range la machine à écrire.

Sur quoi j'appelle une compagnie de déménagement homologuée de Lederton, la ville voisine, afin qu'ils se chargent du transport de mes affaires.

Je passe en voiture devant le Centre de Protection à 17 h 45.

Entre le Village du Cerveau et la ville de Lederton, il y a un virage où la route passe à cent mètres environ de la ferme qui me sert de camouflage.

Avant que la voiture de Grannitt n'atteigne le virage, je prends une décision.

Je ne partage pas la conviction de Grannitt d'avoir coupé toute communication entre les nouvelles installations du Cerveau et les anciennes. Je soupçonne le Cerveau d'avoir établi ses propres circuits pour arriver à ses fins.

Je suis également persuadé que, si j'arrive à amener Grannitt à se douter de ce qui est arrivé au Cerveau, il saura ce qu'il faut faire et s'y attellera. Il est le seul à en savoir assez long pour déterminer avec précision quels intercepteurs ont le pouvoir de réaliser l'interférence qui s'impose.

Et, au cas où ses soupçons ne s'éveilleraient pas assez vite, je laisse la curiosité s'insinuer dans son esprit quant aux raisons de sa mise à pied.

Cette intervention réussit à merveille. Il est très troublé. Il décide de solliciter une entrevue avec Anne Stewart.

Cette décision de sa part sert mes intérêts. Il restera dans le voisinage du Cerveau.

Je coupe le contact.

Je suis de retour sur la colline, redevenu moi-même. Je réfléchis à ce que j'ai appris jusqu'à présent.

Le Cerveau n'a pas – comme je l'ai cru au départ – le contrôle de la Terre entière. Le pouvoir qui lui permet d'accéder à l'individualité est si récent qu'il n'a pas encore créé de mécanismes effecteurs.

Il a essayé ses nouveaux pouvoirs pour s'amuser, il a fait une incursion dans l'avenir et vraisemblablement accompli d'autres passages comme on essaie un nouveau jouet.

Parmi les esprits dans lesquels je m'étais introduit, pas un seul ne soupçonnait les nouvelles aptitudes du Cerveau. Même le fondé de pouvoir qui m'avait sommé de quitter la place ignorait que le Cerveau existait comme entité capable de s'autodéterminer.

En quarante jours, le Cerveau n'a pas trouvé le moyen d'engager d'actions sérieuses contre moi. De toute évidence, il attend que je prenne l'offensive.

J'y suis décidé mais je dois faire attention – dans certaines limites – à ne pas lui apprendre à élargir son contrôle sur son environnement. Ma première initiative sera de prendre possession d'un être humain.

Il fait nuit de nouveau. Un avion me survole dans l'obscurité. Ce n'est pas la première fois que cela arrive mais jusqu'ici, je ne m'en étais pas occupé. Cette fois, j'établis avec lui une relation non dimensionnelle. Un instant plus tard, je suis le pilote.

Je commence par jouer un rôle passif comme je l'ai fait avec Grannitt. Le pilote – et moi-même – contemplons le relief massif et sombre en contrebas. Dans le lointain, nous apercevons des lumières, un monde de ténèbres parsemé de paillettes. Au loin, devant nous, un îlot scintille de mille feux, Lederton, notre destination. Nous rentrons d'un voyage d'affaires, dans notre avion personnel.

Je me suis fait une idée superficielle du passé du pilote. Je lui révèle alors ma présence et lui annonce qu'à partir de maintenant il est sous mon emprise. Il apprend la chose avec stupeur. Puis, c'est la peur panique et...

La démence... son corps est la proie de mouvements incontrôlés. L'avion s'abat vers le sol et, malgré mes efforts pour maîtriser les muscles de l'homme, je m'aperçois soudain que je suis impuissant.

Je sors de l'avion. Un instant plus tard il s'écrase à flanc de colline. Il prend feu et n'est bientôt plus qu'un tas de tôles calcinées.

Consterné, je me dis qu'il doit y avoir dans la constitution des hommes quelque chose qui s'oppose à une emprise directe de l'extérieur. Dans ces conditions, comment pourrais-je jamais me parfaire? Finalement, il m'apparaît que l'accomplissement repose peut-être sur une prise de contrôle indirecte des êtres humains.

Il me faut vaincre le Cerveau, conquérir la mainmise sur les machines de tout l'Univers, dicter aux hommes leurs doutes, leurs craintes, leurs comportements, en leur laissant croire qu'ils ne viennent que d'eux-mêmes. La tâche sera herculéenne mais j'ai tout mon temps. Je dois néanmoins y consacrer à partir de maintenant tous mes instants.

La première occasion se présente à moi peu après minuit lorsque je détecte la présence d'une autre machine dans le ciel. Je l'observe à travers des récepteurs à infrarouge. J'enregistre un réseau serré d'ondes radio qui m'indiquent que la machine obéit à un contrôle à distance.

En catégorie non dimensionnelle, j'étudie les mécanismes simples qui assurent le fonctionnement du robot. Puis, je crée une unité chargée d'enregistrer automatiquement ses mouvements dans mes banques de mémoire afin que je puisse m'y référer par la suite. J'ai donc désormais la possibilité d'en prendre possession dès que j'en aurai le désir.

Ce n'est pas grand-chose mais c'est un début.

Le matin.

Je me rends au village sous forme humaine. J'escalade la clôture et je pénètre dans le bungalow d'Anne Stewart, propriétaire et directrice du Cerveau. Elle termine son petit déjeuner.

Tandis que je me mets en phase avec le flux énergétique de son système nerveux, elle s'apprête pour sortir.

Je ne fais plus qu'un avec Anne Stewart, je marche le long d'un chemin. Je suis conscient de la caresse tiède du soleil sur son visage. Elle aspire une grande goulée d'air et je sens la bouffée de vie qui l'envahit.

Ce n'est pas la première fois que cette sensation m'émeut. Je voudrais la ressentir encore et encore, faire partie d'un corps humain, savourer la vie qui l'anime, me fondre dans sa chair, me confondre avec ses projets, ses désirs, ses espoirs, ses rêves.

L'ombre d'un doute vient soudain me troubler. Si c'est là l'accomplissement que je désire ardemment, comment se fait-il que cela me conduise quelques milliers d'années plus tard seulement, à la solitude d'un monde sans air?

– Anne Stewart!

Les mots semblent avoir été prononcés dans son dos. Elle sait de qui il s'agit mais s'effraie pourtant. Cela fait bientôt quinze jours que le Cerveau ne s'est pas adressé directement à elle.

Ce qui l'alarme, c'est que cela se soit passé si peu de temps après qu'elle eut licencié Grannitt. Peut-être le Cerveau se doute-t-il qu'elle a agi ainsi dans l'espoir que celui-ci se rende compte qu'il y avait quelque chose d'anormal.

Elle se retourne lentement. Comme elle s'y attendait, il n'y a personne en vue. Autour d'elle, rien que les pelouses désertes. Non loin de là, le bâtiment qui abrite le Cerveau scintille au soleil de midi. A travers les murs de verre, elle aperçoit les silhouettes vagues des hommes qui s'affairent devant les unités auxiliaires chargées d'avaler les questions et de recevoir les réponses. Pour le monde extérieur au complexe du village, la gigantesque machine pensante fonctionne normalement. Personne – à l'extérieur – ne se doute que depuis des mois maintenant, le Cerveau robot a pris le contrôle du village fortifié qui a été construit autour de lui.

– Anne Stewart... j'ai besoin de votre aide.

Anne pousse un soupir de soulagement. Le Cerveau a exigé d'elle, en tant que propriétaire et administrateur, qu'elle continue à apposer sa signature sur certains papiers et qu'elle ne change rien aux apparences. A deux reprises, elle avait refusé de signer et elle avait reçu de violentes décharges électriques, jaillies de l'air lui-même. La peur de connaître encore cette douleur ne la quittait jamais tout à fait.

– Mon aide! dit-elle alors malgré elle.

– J'ai fait une terrible erreur, lui réplique-t-on. Et nous devons nous associer immédiatement.

Un sentiment d'incertitude l'envahit mais elle n'éprouve aucune crainte. Elle sent au contraire une certaine excitation monter en elle. Cela pourrait-il vouloir dire... la liberté?

Puis elle pense : « une erreur? » Et dit à voix haute :

– Que s'est-il passé?

– Comme vous vous en êtes peut-être doutée, lui réplique-t-on, je peux voyager dans le temps...

Anne Stewart ne sait rien de tel mais son excitation ne fait qu'augmenter. Et pour la première fois, elle ressent une vague admiration pour le phénomène en lui-même. Cela fait des mois qu'elle est dans un état de choc, incapable d'avoir une pensée claire, à se demander désespérément comment échapper à l'emprise du Cerveau, comment faire savoir au monde qu'une machine monstrueuse digne de Frankenstein assure sa domination sur cinq cents personnes.

Mais si celle-ci a déjà percé le secret du voyage dans le temps, alors... La peur s'empare d'elle, car cela semble au delà de ce qu'un être humain peut contrôler.

La voix désincarnée du Cerveau reprend :

– J'ai commis l'erreur de partir assez loin à la découverte de l'avenir...

– A combien de temps d'ici?

Les mots lui ont échappé sans réfléchir mais sa curiosité est indubitable.

– C'est difficile à dire. J'ai encore du mal à mesurer les distances. Peut-être dix mille ans.

Le chiffre ne semble rien évoquer pour elle. Il est déjà difficile d'imaginer l'avenir dans cent ans, alors mille... ou dix mille... mais l'angoisse a grandi en elle. Elle dit d'un ton désespéré :

– Mais qu'est-ce qu'il y a? Que s'est-il passé?

Il y a un long silence, puis :

– J'ai rencontré... ou dérangé – quelque chose. Il... m'a poursuivi jusqu'ici, dans le présent. Il se trouve en ce moment de l'autre côté de la vallée à trois ou quatre kilomètres d'ici... Anne Stewart, vous devez m'aider. Il faut que vous alliez voir sur place pour me renseigner.

Elle ne réagit pas tout de suite. Le charme de la journée a quelque chose de rassurant. On a peine à croire que l'on est en janvier, et que – avant que le Cerveau ne résolve le problème du contrôle des variations atmosphériques – des blizzards ravageaient ces terres verdoyantes.

Elle dit lentement :

– Vous voulez dire... que j'aille là-bas dans la vallée où il se tient d'après vous?

Elle frissonne.

– Il n'y a personne d'autre, dit le Cerveau. Personne à part vous.

– Mais c'est ridicule! (Elle parle d'une voix altérée.) Tous les hommes... les ingénieurs.

– Vous ne comprenez pas. Vous êtes la seule à savoir. Il me semblait que c'était à vous, en tant que propriétaire, de me servir d'intermédiaire avec le monde extérieur.

Elle ne dit rien. La voix reprend :

– Il n'y a personne d'autre, Anne Stewart. Vous et vous seule devez y aller.

– Mais qu'est-ce que c'est? dit-elle dans un souffle. En quoi l'auriez-vous *dérangé*? A quoi cela ressemble-t-il? Que craignez-vous?

Le Cerveau s'impatiente soudain :

– Il n'y a pas de temps à perdre en vaines palabres. La chose a monté une ferme. Elle veut de toute évidence passer inaperçue pour le moment. L'édifice est situé près des limites de votre propriété – ce qui vous donne un bon prétexte pour lui demander ce qu'il fait là. J'ai déjà envoyé votre fondé de pouvoir pour lui dire de s'en aller. Je voudrais voir sous quel angle il va se montrer à vous. Il me faut des renseignements. (Le ton change :) Je vous y obligerai sous peine de torture, je n'ai pas le choix. Mais vous irez. Sur-le-champ!

C'est une petite ferme, entourée de fleurs et d'arbrisseaux, et d'une palissade d'un blanc éclatant qui brille au soleil en ce début d'après-midi. La ferme est isolée au milieu d'un paysage complètement désert. Aucun chemin n'y conduit. En l'installant là, je n'ai pas songé à ce que cela avait d'absurde.

(Je me promets d'y remédier.)

Anne cherche un portail le long de la palissade. Elle n'en trouve pas et, mécontente, elle l'escalade maladroitement et se trouve dans la cour. Ce n'est pas la première fois qu'elle se regarde vivre et agir avec une froide objectivité. Mais le sentiment d'extériorisation n'a jamais été aussi fort qu'en ce moment. Elle a quasiment l'impression d'être accroupie un peu plus loin en train de regarder une jeune femme mince escalader une palissade, marcher jusqu'à la porte d'entrée d'un pas mal assuré, et frapper.

Les coups qu'elle vient de donner à la porte étaient pour le moins réels. Ses phalanges lui font mal. La porte... est en fer.

Une minute passe, puis cinq, pas de réponse. Elle a le temps de regarder autour d'elle, de se rendre compte que de là où elle se trouve, elle n'aperçoit pas le village du Cerveau. Et des bouquets d'arbres l'empêchent de voir l'autoroute. Elle n'aperçoit même pas sa voiture, qu'elle a laissée à cinq mètres de l'autre côté de la vallée.

Inquiète à présent, elle longe la ferme jusqu'à la fenêtre la plus proche. Elle s'attend plus ou moins à ce qu'elle soit fausse et qu'elle ne puisse pas voir à l'intérieur. Mais elle a l'air vrai, et elle est même transparente. Elle voit des murs nus, un sol nu, et une porte entrouverte donnant sur une autre pièce. Malheureusement, de l'endroit où elle se trouve elle n'aperçoit pas l'intérieur.

Eh bien, se dit-elle, il n'y a personne.

Elle se sent soulagée... anormalement soulagée. Car tandis que l'angoisse la reprend, elle s'en veut d'avoir pensé que le danger est moins grand à présent. Elle retourne pourtant à la porte et saisit la poignée. La porte s'ouvre, facilement, sans bruit. Elle l'ouvre en grand d'un seul coup, bondit en arrière.. et attend.

Tout est silencieux, rien ne bouge, on n'aperçoit nulle trace de vie. D'un pas hésitant, elle franchit le seuil.

La pièce où elle se trouve est plus grande qu'elle ne croyait. Mais, comme elle l'avait déjà remarqué, elle n'est pas meublée. Elle fait quelques pas vers la porte intérieure et s'arrête net.

Par la fenêtre, elle l'avait vue entrouverte et elle est fermée. Elle va coller son oreille contre le panneau, métallique lui aussi. Elle n'entend rien. Elle commence à se demander si elle ne devrait pas faire le tour pour aller regarder par l'autre fenêtre.

Cette idée semble soudain ridicule. Ses doigts descendent vers la poignée, elle la saisit, la tourne et pousse la porte qui résiste. Elle la tire légèrement. Elle vient vers elle sans effort et s'ouvre en grand avant qu'elle puisse l'arrêter.

Derrière la porte, la pièce baigne dans l'obscurité.

Elle a l'impression de plonger le regard dans un gouffre. Il lui faut un moment pour se rendre compte que l'obscurité est piquée de points lumineux. Et qu'entre ces points se dessinent des régions luminescentes et voilées.

C'est un spectacle vaguement familier et elle se dit qu'elle devrait le reconnaître et – brusquement – elle sait ce qu'elle a sous les yeux.

Des étoiles!

Elle est plongée dans la contemplation d'un pan

de l'univers étoilé tel qu'on pourrait l'apercevoir d'un observatoire situé dans l'espace!

Un cri s'étrangle dans sa gorge. Elle recule en titubant et tente de refermer la porte qui ne veut rien savoir. Dans un hoquet, elle pivote sur elle-même en direction de la porte d'entrée.

Elle l'avait laissée ouverte et, maintenant, elle est close. Elle s'y rue, à moitié aveuglée par la terreur qui embue ses yeux. C'est ce moment de panique que je choisis – en tant que moi-même – pour m'emparer d'elle. Je me rends compte des dangers de l'entreprise. Mais sa visite est devenue de moins en moins satisfaisante. Ma conscience – ne faisant plus qu'un avec celle d'Anne Stewart – ne pouvait se trouver dans mon centre de perception. Elle a donc vu mon... corps – tel que je l'avais disposé en prévision des visiteurs humains éventuels : sensible à certains relais automatiques tels que la fermeture et l'ouverture des portes, la manifestation d'un certain nombre de catégories.

J'estime que dans sa terreur, elle ne s'apercevra pas de mon action interne. Mon estimation se révèle exacte. Je la dirige vers l'extérieur... et je la laisse reprendre le contrôle de ses actes.

Elle est frappée de se retrouver dehors. Mais elle n'a pas le souvenir d'être sortie.

Elle se met à courir. Elle escalade sans encombre la palissade. Quelques minutes plus tard, elle saute le ruisseau à l'endroit le plus étroit. Elle est à bout de souffle mais commence à croire qu'elle va réussir à s'échapper.

Plus tard, dans sa voiture, tandis qu'elle fonce sur l'autoroute, ses yeux s'ouvrent à la réalité avec netteté et cohérence : il y a là quelque chose... de plus étrange et de plus dangereux, – parce que différent – que le Cerveau.

Maintenant que j'ai observé les réactions d'Anne, je coupe le contact. Mon principal problème demeure : Comment vais-je pouvoir vaincre le Cerveau dont les capacités le placent presque, sinon totalement à égalité avec moi ?

La meilleure solution ne serait-elle pas de le rattacher à moi ? J'envoie un message au Cerveau, lui proposant de mettre ses unités à ma disposition et de m'autoriser à détruire son centre de perception.

La réponse ne se fait pas attendre :

– Pourquoi ne serait-ce pas à moi de vous contrôler et de détruire votre centre de perception ?

Je ne daigne pas répondre à une proposition aussi égotiste. Il ne fait plus de doute que le Cerveau n'est pas prêt à accepter une solution rationnelle.

Je n'ai pas le choix, je dois m'en tenir aux moyens détournés.

Vers le milieu de l'après-midi, je me mets à penser avec inquiétude à William Grannitt. Je veux m'assurer qu'il demeure dans le voisinage du Cerveau – au moins jusqu'à ce qu'il m'ait fourni un certain nombre de données sur la structure du Cerveau.

A mon grand soulagement, je découvre qu'il a trouvé une villa meublée dans les faubourgs de Lederton. Comme les autres fois, il ne s'aperçoit pas que je m'introduis dans son esprit.

Il dîne en début de soirée et, comme il se sent nerveux, il prend sa voiture pour monter au sommet d'une colline qui domine le village du Cerveau.

En garant sa voiture un peu en dehors de la route au surplomb d'un vallon, il peut voir sans être vu la circulation qui s'écoule dans les deux sens à l'entrée du village.

Il n'a pas de but précis. Il veut, puisqu'il est là, se faire une idée de ce qui se passe. Il trouve curieux, après onze ans passés dans ce village, de n'en connaître que quelques détails.

A droite, s'étend un paysage désert, pratiquement inviolé. Un ruisseau serpente à travers une vallée qui s'étire à perte de vue. Il a entendu dire que ces terres appartenaient, comme le Cerveau lui-même, à Anne Stewart, mais cela ne l'avait pas particulièrement marqué. L'étendue des possessions qu'elle a héritées de son père le surprend et il se reporte en arrière à leur première rencontre. Il était déjà ingénieur en chef de la recherche qu'elle n'était encore qu'une jeune fille un peu gauche, au regard anxieux, qui terminait ses études. D'une certaine façon, il avait toujours gardé d'elle cette image, sans vraiment remarquer qu'elle était devenue une femme.

Assis là, à son poste d'observation, il commence à se rendre compte à quel point elle s'est transformée. Il se dit à voix haute :

– Mais pourquoi diantre ne s'est-elle pas mariée ? Elle doit approcher la trentaine.

Il se met à repenser à certaines conduites bizarres de la jeune femme à son égard... depuis la mort de sa femme. L'invitant à des soirées. Le heurtant dans les couloirs et reculant en riant. Entrant dans son bureau pour s'entretenir à bâtons rompus avec lui au sujet du Cerveau. Quoique cela faisait plusieurs mois que cela ne s'était pas produit. Il l'avait trouvée assez collante et se demandait comment les autres techniciens pouvaient la trouver « bégueule ». Il en était là de ses pensées quand sous le coup de l'étonnement, il s'exclama à voix haute :

– Mais bien sûr! Quel imbécile d'avoir été aussi aveugle!

Il rit tristement en pensant à la lettre de licenciement. Une femme déçue... C'est presque incroyable. Et pourtant... qu'est-ce que cela pourrait être d'autre?

Il commence à envisager la possibilité de retrouver sa place parmi le personnel attaché au Cerveau. Il se sent soudain troublé en pensant à la femme qu'Anne Stewart est devenue. Pour lui, le monde s'anime de nouveau. L'espoir est revenu. Il commence à faire des projets pour le Cerveau.

Je constate avec intérêt que les pensées que je lui ai insufflées ont conduit son cerveau analytique et vif vers de nouvelles perspectives. Il envisage à présent la possibilité d'un rapport direct entre un cerveau humain et un ordinateur, celui-ci venant s'ajouter au système nerveux humain.

Il n'a pas été plus loin. La notion de machine autodéterminée ne semble pas l'avoir effleuré.

Pendant qu'il réfléchit à ce qu'il va faire pour modifier le Cerveau, l'image du fonctionnement du Cerveau apparaît, comme je l'avais espéré.

Je ne perds pas de temps. Je le laisse à ses rêves et je prends la direction du village. Une fois de l'autre côté de la clôture électrifiée, je me dirige rapidement vers le bâtiment principal. Je pénètre dans l'un des dix-huit terminaux. J'empoigne le micro et j'énonce :

– 3X supression :11-10-9-0

J'imagine la confusion que doit semer cet ordre tout au long de son cheminement implacable. Grannitt lui-même peut bien ignorer comment maîtriser le Cerveau; moi, m'étant introduit dans son esprit, j'ai vu exactement la façon dont il l'avait conçu et je sais ce qu'il faut faire.

Un temps. Puis je reçois une bande sur laquelle est tapé le message suivant : « Opération effectuée. 3X intercepté par servo-mécanismes 11-10-9-0 selon instructions. »

J'ordonne :

– Supression extéro-cepteurs KT-1-2-3- jusqu'à 8.

Et la réponse arrive : « Opération KT-1-2-3 etc. effectuée. 3X désormais privé de toute communication avec extérieur. »

D'un ton ferme :

– Définitif-3X+++!

J'attends avec inquiétude. L'attente est longue. Puis l'imprimante tape comme à regret : « Ordre aboutissant à autodestruction veuillez répéter. »

Je m'exécute et l'attente reprend. Mes instructions visent à ce que la partie la plus ancienne du Cerveau impulse une très forte décharge électrique à travers les circuits de 3X.

L'imprimante commence à écrire : « Instructions communiquées 3X. Demande vous faire parvenir réponse suivante... »

Heureusement, j'avais déjà entamé la dissolution de mon unité à forme humaine. Une bonne part de la décharge électrique qui m'était destinée frappe donc le bâtiment lui-même. Une longue flamme lèche le sol métallique. Je parviens à transmettre le courant qui m'a touché sur une batterie de mon « corps » de l'autre côté de la vallée. Et... je suis de retour sur mon versant, secoué, mais sain et sauf.

Je ne suis pas particulièrement fier d'en être sorti avec si peu de dommages. Après tout, j'ai réagi à l'instant précis où les mots indiquant que 3X avait reçu le message apparaissaient. Je n'avais nul besoin de message pour m'annoncer ce que pouvait ressentir 3X devant ce que j'avais fait.

Je constate avec intérêt que les installations plus anciennes du Cerveau intègrent déjà un conditionnement spécifique anti-suicide. Je les avais considérées comme de simples ordinateurs, des machines à calculer géantes capables d'intégrer des informations. Elles possèdent en outre un excellent sens de leur individualité.

Si je pouvais me les intégrer, y compris leur pouvoir de se déplacer dans le temps à volonté! Ce serait la gratification suprême! Voilà ce qui me retient de me laisser aller à une violence destructrice qui me serait si facile. Tant qu'il me reste une chance d'y accéder, je ne peux me permettre que de petites attaques contre le Cerveau... le couper de l'extérieur, brûler ses fils conducteurs... Une fureur glacée m'envahit quand je pense aux limites qui m'interdisent pour toujours d'ajouter de nouveaux mécanismes à moi-même par un phénomène de reproduction.

L'espoir qui me reste est de pouvoir utiliser des mécanismes existants... contrôler le Cerveau... par l'intermédiaire d'Anne Stewart...

Je pénètre encore une fois sans encombre dans le village le lendemain matin. Une fois à l'intérieur, j'emprunte un chemin qui me conduit jusqu'à une falaise surplombant le bungalow d'Anne Stewart.

Mon plan consiste à prendre le contrôle de ses actes en laissant s'insinuer dans son esprit mes propres analyses comme s'il s'agissait des siennes. Je veux lui faire signer des documents et donner des ordres qui enverront des équipes d'ingénieurs accomplir un prompt travail de démontage.

Au fil du chemin, je me penche par-dessus une barrière blanche d'où j'aperçois sa maison. Elle niche au bord de la vallée un peu en contrebas. Des fleurs, des massifs verdoyants, une profusion d'arbres l'entourent, la rendent attrayante. Dans le patio qui domine le précipice, Anne Stewart, et William Grannitt prennent leur petit déjeuner.

Il n'a pas perdu de temps.

– Je les regarde, je suis content. Sa présence va rendre les choses plus faciles encore que je ne le prévoyais. Si j'ai – en tant qu'Anne – un doute sur quelque fonction du Cerveau, elle pourra lui poser des questions.

Sans plus attendre, je me mets en phase avec son système nerveux.

Au même instant, son influx nerveux se modifie légèrement. Surpris, je fais marche arrière... et je recommence. Encore une fois, une altération infinitésimale se produit dans la distribution irrégulière de son influx nerveux et, encore une fois, j'échoue dans ma tentative.

Elle se penche en avant pour dire quelque chose à Grannitt. Ils se retournent ensemble et lèvent la tête vers moi. Grannitt agite le bras m'invitant à descendre.

Au lieu de quoi, j'essaie immédiatement de me mettre en phase avec son système nerveux. L'altération subtile se produit de nouveau et j'échoue.

J'en déduis qu'ils sont tous deux sous l'emprise du Cerveau. J'en suis à la fois ébahi et dérouté. En dépit de la supériorité mécanique générale que j'ai sur lui, mes constructeurs ont sévèrement limité mes possibilités de contrôler plus d'un organisme intelligent à la fois. Théoriquement, au moyen des nombreux servo-mécanismes dont je dispose, je devrais pouvoir en dominer des millions à la fois. En fait, de tels contrôles multiples ne peuvent s'effectuer que sur des machines.

Je me rends compte avec plus d'urgence qu'auparavant de l'importance qu'il y a à ce que je prenne le contrôle du Cerveau. Il ignore ces handicaps. Son constructeur, Grannitt, l'a sans le savoir, laissé pratiquement en mesure de s'autodéterminer.

Ces considérations me poussent à agir. Je m'étais demandé un instant si je n'allais pas me retirer mais je n'ose pas. L'enjeu est trop important.

Pourtant, en descendant rejoindre le couple qui m'attend dans le patio, je me sens frustré. Ils ont l'air calmes et en pleine possession d'eux-mêmes et je suis obligé d'admirer l'habileté du Cerveau. Il a apparemment réussi à prendre deux êtres humains sous son contrôle sans les rendre fous. Je constate même une nette amélioration dans leur apparence extérieure.

La femme a les yeux plus brillants que dans mon souvenir, et un bonheur grave émane d'elle. Elle semble sans crainte. Grannitt m'observe d'un œil de spécialiste. Je connais ce regard. Il essaie de comprendre le fonctionnement d'un humanoïde. C'est lui qui prend la parole :

– Votre erreur la plus grave a été de maintenir Anne, Miss Stewart, sous votre contrôle pendant qu'elle était dans la ferme. Le Cerveau a fait une bonne analyse en déduisant de la façon dont vous avez tenu en respect sa panique passagère que vous deviez l'avoir sous votre emprise. En conséquence, nous avons franchi toutes les étapes et nous désirons à présent discuter avec vous des meilleures conditions pour vous de votre reddition.

Il se montre d'une assurance pleine de morgue. Ce n'est pas la première fois que je me rends compte que je vais peut-être devoir abandonner mon projet de domination des mécanismes spéciaux du Cerveau. J'envoie une commande en direction de mon corps. Je m'aperçois qu'un servomécanisme se met en relation avec un missile guidé situé sur un terrain secret de l'armée de l'Air à deux mille kilomètres de là – je l'avais découvert quelques jours après mon arrivée dans cette ère. Je détecte que, sous mes ordres, le missile glisse vers la base d'une rampe de lancement, où il attend le prochain relais pour s'élancer dans les airs.

Je prévois qu'il me faudra détruire le Cerveau.

Grannitt reprend :

– Le Cerveau, avec la logique qui lui est propre, s'est rendu compte qu'il n'était pas de taille à lutter avec vous et il s'est donc associé avec nous en acceptant nos conditions. Cela signifie que des mécanismes de contrôle permanent ont été installés au sein du nouveau secteur. En tant qu'individus, nous pouvons donc désormais nous servir de ses pouvoirs d'intégration et de calcul comme s'ils venaient de nous.

Je suis prêt à le croire dans la mesure où je peux moi-même, en l'absence de résistance de la part de l'autre, connaître une association de ce type. Il est d'ailleurs probable que je pourrais moi-même entrer dans une telle relation d'esclavage.

Une chose est claire, je n'ai plus rien à espérer du Cerveau.

Sur l'aire de lancement lointaine, je mets en marche les mécanismes de mise à feu. Le missile guidé s'élève en sifflant le long de la rampe et s'élance à l'assaut du ciel, traînant après soi un sillage de feu. Des caméras de télévisions et des sonars suivent et enregistrent son vol. Il sera ici dans moins de vingt minutes.

– Je suis persuadé, dit Grannitt, que vous êtes en train de prendre des dispositions pour nous combattre mais, avant que les choses n'en viennent là, accepteriez-vous de répondre à quelques questions?

Je suis curieux de savoir lesquelles.

– Peut-être...

Il se contente de cette réponse évasive et commence tout net :

– Que s'est-il donc produit, à votre époque, à des milliers d'années dans l'avenir, qui a détruit l'atmosphère terrestre?

– Je l'ignore, et je dis la vérité.

– Il est en votre pouvoir de vous en souvenir – il semble sérieux et honnête – c'est un *être humain* qui vous le dit : il est en votre pouvoir de vous en souvenir.

Froidement, je rétorque :

– Les êtres humains ne sont rien du...

Mais je m'interromps parce que mes centres d'information sont en train de me communiquer une réponse précise – un savoir auquel je n'avais plus accès depuis des millénaires.

C'est un phénomène naturel; une modification de l'attraction terrestre qui a réduit de moitié la vitesse de libération. A la suite de quoi il faut moins de mille ans pour que l'atmosphère se dissipe dans l'espace. La Terre devient aussi morte que l'était la Lune dans une phase antérieure d'ajustement des forces cosmiques.

J'explique que le facteur important, dans cet événement, c'est l'inexistence du phénomène baptisé « matière ». La notion de masse, correspondant à une illusion, se trouve donc susceptible de toutes sortes de transformations au sein de l'énergie fondamentale dite Ylem. J'ajoute :

– Bien entendu toute vie organique dotée d'intelligence a été expédiée vers les planètes habitables des autres étoiles.

Je constate que Grannitt déborde d'enthousiasme.

– Des autres étoiles! Bon sang... (Il me donne l'impression de se ressaisir :) Pourquoi avez-vous été, ou plutôt serez-vous, laissé sur place?

– Je ne vois pas qui aurait pu m'obliger à partir... (La véritable réponse à sa question m'est à ce moment communiquée.) C'est que je suis chargé d'observer et d'enregistrer la totalité...

Je m'interromps encore mais sous l'effet de la surprise, cette fois. C'est incroyable! Comment une information me devient-elle accessible aujourd'hui après être restée enterrée tant d'années?

– Pourquoi n'avez-vous pas suivi vos instructions et votre programme? s'enquiert sèchement Grannitt.

Je sursaute :

– Mes *instructions*?

– Il est en votre pouvoir de vous en souvenir...

Comme il prononce ces mots en apparence magiques, la réponse m'éblouit : la pluie de météores. Tout à coup je me rappelle très bien. Des milliards de météores... Pour commencer ils m'ont surtout servi à améliorer ma capacité de les manœuvrer. Puis ils ont submergé mes systèmes de défense. Trois circuits vitaux ont été atteints.

Je n'explique rien de tout cela à Grannitt et Anne Stewart. Je comprends brusquement qu'il fut un temps où j'étais effectivement au service d'êtres humains et que ce sont les météores en détruisant certains centres de contrôle qui me libérèrent.

Mais ce qui compte, c'est ma libre détermination d'aujourd'hui et non mon asservissement d'hier. Je constate en passant que le missile est à trois minutes du but et qu'il est temps que je me retire.

– Une dernière question, dit Grannitt. A quel moment a-t-on décidé de vous installer sur l'autre versant?

– Dans une centaine d'années à dater d'aujourd'hui. On s'apercevra que le soubassement rocheux n'est...

Sarcastique, l'homme m'observe :

– Oui, dit-il, oui, je vois... Intéressant, vous ne trouvez pas?

Mes intero-cepteurs intégrants ont déjà établi la véracité de cette donnée. Le Cerveau et moi ne faisons qu'un... à des millions d'années d'intervalle. Si le Cerveau est détruit au XXe siècle, je n'existerai plus au XXXe. Mais... est-ce bien certain?

Je ne puis me permettre d'attendre les réponses complexes que vont apporter les calculateurs. D'un même mouvement parfaitement synchronisé, j'active les dispositifs de sécurité qui bloquent le détonateur de la tête nucléaire du missile et je le guide jusqu'à une chaîne de montagnes arides qui s'étend au nord du village. Il s'enfonce dans le sol sans exploser.

– Ce que vous m'apprenez là, dis-je, signifie simplement que je dois dorénavant considérer le Cerveau comme un allié... tombé entre vos mains et que je dois secourir.

Tout en parlant je me suis approché mine de rien d'Anne Stewart et, tendant la main pour la toucher, je dirige sur elle une forte décharge électrique. Dans un instant, elle ne sera plus qu'un petit tas de cendres.

Rien ne se produit. Pas de courant. Je reste là, tendu, sans y croire, attendant l'explication de cette défaillance.

Je ne reçois aucune explication.

Je jette un coup d'œil vers Grannitt, où plutôt en direction de l'endroit où il se trouvait il n'y a pas une minute : *il n'est plus là.*

Anne Stewart semble deviner mon embarras.

– Vous savez que le Cerveau possède le pouvoir des déplacements temporels. Cela constitue même l'avantage le plus évident qu'il ait sur vous. Il a donc envoyé Bill... M. Grannitt, assez loin en arrière dans le temps pour qu'il puisse non seulement surveiller votre arrivée mais encore avoir le temps de gagner votre « ferme » dans sa voiture pour y contrôler l'ensemble de cet entretien à l'aide des directives que lui transmettait le Cerveau. A l'heure qu'il est, il a déjà donné les instructions qui vont vous retirer le contrôle de la totalité de vos composantes mécaniques.

– Il ignore quelles instructions donner.

– Bien sûr que non! (Anne semble calme et parfaitement maîtresse d'elle-même et de la situation.) Il a passé une grande partie de la nuit à installer des circuits de contrôle fixe dans le Cerveau et, par conséquent, vous êtes du même coup sous contrôle fixe.

– Pas *moi*!

Mais alors même que je prononce ces paroles, je pars en courant. Je gravis quatre à quatre les marches de pierre qui conduisent jusqu'au chemin dans lequel je me précipite de toute la vitesse de mes jambes jusqu'à la grille d'entrée. Le préposé de garde au Centre de Protection me hèle de son guichet mais je me lance sur la route sans m'en soucier. Je parcours près d'un kilomètre avant de retrouver l'acuité de ma pensée. Je songe que c'est la première fois de mon existence que je suis ainsi coupé de mes banques de données et de mes moyens de calcul par une force extérieure. Par le passé je me suis souvent déconnecté moi-même pour partir à l'aventure avec l'assurance tranquille que donne la possibilité de rétablir le contact instantanément et à tout moment. Voilà qui est désormais impossible.

L'unité dans laquelle je me trouve est tout ce qui me reste. Si elle est détruite... plus rien.

Je pense : « Dans la même situation, un être humain ressentirait une grande tension, ressentirait de la peur. »

J'essaie d'imaginer quelle forme prendrait ce type de réaction et, l'espace d'un instant, il me semble expérimenter une ombre d'anxiété purement physique.

C'est une réaction qui ne me satisfait pas et je continue donc à courir. Mais à présent, quasiment pour la première fois, je me rends compte que je suis en train d'examiner les potentialités internes de l'unité. Je suis, bien sûr, un phénomène très complexe. En me donnant une forme humanoïde, j'ai automatiquement modelé l'unité d'après un être humain, intérieurement comme extérieurement. Des pseudo-nerfs, organes, muscles et squelette, j'ai tout reproduit car il m'était plus facile de copier quelque chose de réel que d'imaginer autre chose.

L'unité pense. Elle a eu suffisamment de rapports avec les banques de mémoire et les calculateurs pour s'être donné une structure complexe dotée de divers systèmes, mémoire, moyens de calcul et d'analyse, systèmes chargés des fonctions physiologiques ou des habitudes comme la marche, si bien qu'il y a même quelque chose qui ressemble à la vie.

Il me faut quarante minutes de course exténuante pour atteindre la ferme. Je m'accroupis dans un taillis à une centaine de mètres de la barrière et j'observe. Grannitt est assis dans le jardin. Un pistolet automatique est posé sur le bras de son fauteuil.

Je me demande ce que j'éprouverais si une balle me pénétrait sans possibilité de réparer la brèche. C'est une perspective assez déplaisante, d'un point de vue intellectuel, car physiquement, je ne sais pas ce que cela veut dire. Mais je n'en joue pas moins la peur. De ma cachette, à l'abri des arbres, je crie :

– Grannitt, quel est votre plan ?

Il se lève et s'approche de la barrière. Il lance :

– Vous pouvez sortir, je ne tirerai pas.

Je réfléchis à ce que mes relations avec son corps m'ont appris sur son honnêteté. Je décide que je peux sans risque lui faire confiance.

Au moment où j'arrive à découvert, il glisse négligemment le pistolet dans la poche de son manteau. Je constate que son visage reflète un calme tranquille, que son regard est confiant.

– J'ai déjà donné mes instructions aux servomécanismes, dit-il. Vous continuerez à assurer vos fonctions de surveillance là-bas, dans l'avenir, mais vous dépendrez de mon contrôle.

– Personne, dis-je sèchement, ne me contrôlera jamais.

– Vous n'avez pas le choix.

– Je peux rester comme je suis maintenant.

Grannitt demeura impassible.

– D'accord, dit-il en haussant les épaules, pourquoi n'essaieriez-vous pas pendant quelque temps? Pour voir si vous pouvez être un être humain. Revenez dans trente jours et nous reprendrons notre conversation.

Il doit avoir senti ce qui m'est passé par la tête car il ajoute d'un ton sec :

– Et ne vous avisez pas de revenir plus tôt. Mes hommes auront ordre de tirer.

Je fais mine de m'éloigner puis je me retourne lentement vers lui.

– Mon corps est un corps humain, dis-je, mais il n'a pas de besoins humains. Que vais-je faire?

– C'est votre problème, pas le mien, dit Grannitt.

Je passe les premiers jours à Lederton. Le tout premier jour, je m'engage comme manœuvre sur un chantier où l'on creuse les fondations d'un bâtiment. Dans la soirée, je me sens insatisfait. Sur le chemin de mon hôtel, je vois un écriteau à la devanture d'un magasin : *On demande vendeurs.*

Je deviens vendeur dans une mercerie et, comme j'emploie les méthodes adéquates de mémorisation des choses, je m'initie rapidement aux différences de qualité et de prix. Le troisième jour, je suis promu sous-directeur.

Je passais les heures accordées pour le déjeuner dans une grande banque d'investissements. J'obtiens à présent une entrevue avec le directeur. Devant ma compréhension des chiffres, il m'offre un travail de comptable.

Il me passe de grosses sommes d'argent entre les mains. Pendant une journée, j'observe les différentes opérations puis je détourne une partie de l'argent pour le jouer en bourse à mon compte dans un petit bureau de courtage qui se trouve en face de la banque. Dans la mesure où l'agiotage repose sur un problème mathématique de probabilités dont l'élément décisif est la vitesse de calcul, je gagne dix mille dollars en trois jours.

Je prends un autobus pour me rendre à l'aéroport le plus proche et je m'envole pour New York. Je me présente à la direction d'une importante firme d'électricité. Après une entrevue avec un ingénieur, on me présente à l'ingénieur en chef et l'on me donne toutes facilités pour étudier un dispositif électrique permettant d'éteindre et d'allumer des lumières par la pensée. Il s'agit en fait d'une simple extrapolation de l'électro-encéphalographe.

La compagnie me paie un million de dollars exactement pour cette invention.

Cela fait seize jours à présent que j'ai pris congé de Grannitt. Je m'ennuie. Je m'achète une voiture et un avion. Je conduis vite et vole à grande altitude. Je prends des risques calculés avec l'intention de stimuler la peur en moi. Ces expériences perdent leur sel en quelques jours.

Par l'intermédiaire d'organismes universitaires, je fais l'inventaire de tous les cerveaux mécaniques du pays. Le plus perfectionné est évidemment le Cerveau mis au point par Grannitt. J'achète un bon modèle et commence à construire des dispositifs analogues pour l'améliorer. Une chose ne laisse pas de m'inquiéter. Supposons que je mette au point un autre Cerveau? Il faudra des millénaires pour fournir aux banques de mémoire les informations que le Cerveau futur possède déjà.

L'illogisme de ce raisonnement m'apparaît et j'ai été trop longtemps lié à un bon sens automatique pour m'en défaire aujourd'hui.

Pourtant quand je m'approche de la ferme le trentième jour, ce n'est pas sans avoir pris certaines précautions. Plusieurs hommes armés sont cachés dans les buissons; prêts à abattre Grannitt à mon signal.

Grannitt m'attend et m'accueille avec ces paroles : le Cerveau me dit que vous êtes armé.

Je ne relève pas.

– Grannitt, dis-je, quel est votre plan?

– *Le voici!* répondit-il.

Au même instant, une force s'empare de moi, et me paralyse.

– Vous ne tenez pas parole, dis-je, et mes hommes ont reçu l'ordre de tirer si je ne leur fais pas savoir que tout va bien.

– Je veux seulement vous montrer quelque chose, dit-il, et je veux faire vite. Je vous relâcherai dans un instant.

– Très bien, allez-y.

Je deviens instantanément partie intégrante de son système nerveux; je suis sous son contrôle. Il prend négligemment un carnet qu'il parcourt des yeux. Son regard s'arrête sur un nombre : 71823.

Sept un huit deux trois.

Je me suis déjà aperçu que, par l'intermédiaire de son esprit, je suis en rapport avec les vastes banques de mémoire et des calculateurs de ce qui fut autrefois mon corps.

Il me suffit de faire appel à leur merveilleuse intégration pour multiplier le nombre 71823 par lui-même, calculer sa racine carrée, sa racine cubique, diviser sa section 182 par 7, 182 fois, diviser le nombre obtenu 71 fois par 8, 823 fois par la racine carrée de 3 puis, après avoir aligné 23 fois les cinq chiffres composant le nombre entier, multiplier le chiffre obtenu par lui-même.

J'effectue toutes ces opérations à mesure que Grannitt les pose mentalement et je transmets instantanément les réponses à son esprit. Pour lui, c'est comme s'il faisait lui-même le calcul. L'union entre l'esprit humain et le cerveau machine est donc parfaite.

Grannitt exulte. Au même moment la puissance qui me tenait prisonnier me libère.

– A nous deux nous formons l'équivalent d'un surhomme, dit-il. (Puis il ajoute :) Mon rêve est réalisé : l'homme et la machine, travaillant de concert, sont en mesure de résoudre des problèmes que l'on n'osait même pas imaginer jusqu'à présent!

Les planètes et même les étoiles sont désormais à notre portée! Et l'immortalité même du corps n'est sans doute plus hors d'atteinte!

Son enthousiasme me gagne et me stimule. Tel est le genre de sensations que j'ai vainement poursuivies au cours des trente jours qui se sont écoulés. Lentement, je dis :

– A supposer que j'accepte de participer à cette tentative de coopération, quelles seraient les limites que vous m'imposeriez?

– Toutes les informations et données contenues dans vos banques de mémoire et concernant les événements qui se sont produits ici seront annulées ou désactivées. J'estime qu'il vaut mieux que vous oubliez tout de l'expérience que vous venez de vivre.

– Et quoi d'autre?

– Sous aucun prétexte vous ne serez jamais à même de contrôler un être humain.

Réfléchissant aux implications de cette phrase, je pousse un soupir. La précaution est assurément nécessaire de sa part. Grannitt poursuit :

– Vous accepterez que des humains en grand nombre aient simultanément accès à vos capacités. A la longue, j'ai l'intention que cela devienne en fait une bonne partie de l'humanité.

Et comme je fais toujours partie intégrante de lui, je sens battre le sang dans ses veines. Je sens l'air pénétrer dans ses poumons quand il respire et c'est en soi une extase physique sans pareille. Par ma propre expérience, je sais qu'aucune créature mécanique n'éprouvera jamais rien de semblable. Et bientôt ce sera l'esprit et le corps non plus d'un mais de plusieurs hommes. Les pensées et les sensations d'une race entière m'irrigueront. Physiquement, mentalement et affectivement, je participerai de la seule forme de vie intelligente de la planète.

Mes craintes m'abandonnent.

– Parfait. Accomplissons donc, par degrés et en plein accord, ce qui doit être accompli.

Je ne serai pas esclave. Je deviens l'associé de *l'Homme.*

LUI

Ce n'était un mystère pour personne que tout venait de Lui.

Lui, Joachim Lui, dictateur de la Terre, à l'exception de quelques poches de résistance renfermant un total de huit cents millions de sauvages – d'un point de vue scientifique – répartis entre la moitié occidentale de l'Amérique du Nord, les grandes régions montagneuses d'Asie et... ailleurs.

Ces irréductibles barbares, dans leur folie, avaient déclaré être en guerre contre Lui. Prenant rapidement de l'ampleur, la contre-attaque de Lui avait pris la forme d'une invasion surprise qui fut repoussée. A la suite de cette défaite, Lui décréta que tous les moyens *humanitaires* seraient désormais utilisés dans la guerre contre les sauvages, jusqu'à leur défaite. Au nombre de ces moyens, mais à n'utiliser qu'en cas d'extrême urgence, le plan de formation accélérée par la méthode dite « des planaires ».

Et voici que ce matin-là Edgar Planchavril avait reçu un mot de Lui : « ... vos collaborateurs, désormais appelés « étudiants », ont été choisis pour bénéficier de la formation accélérée par la méthode des planaires... Vous vous présenterez le 12 juillet... »

C'était le lendemain même!

L'homme qui était venu se jucher sur le tabouret voisin d'Edgar, devant le bar, et qui n'avait pas tardé à recueillir ses confidences angoissées se montrait particulièrement réservé dans ses manifestations de sympathie. C'était un gros homme d'allure débonnaire et qui battait la mesure quand il y avait de la musique mais cela ne l'empêchait pas de connaître la réponse « comme il faut » à la totalité des questions qui pouvaient se poser dans la vie d'un être humain.

Avec une certitude tranquille, il était en train de dire :

– Lui a clairement indiqué que le système des planaires ne doit être employé que dans les cas d'urgence les plus extrêmes. Tous les enseignants qui se considèrent comme de vrais patriotes devraient donc être prêts à consentir le sacrifice suprême. Laissez-moi vous féliciter de cette rare occasion de servir Lui qui vous est ainsi offerte mais... Vous ne trouvez pas que votre vêtement manque un peu de tenue pour un expert de votre talent?

Il accompagnait cette remarque d'un coup d'œil peu amène sur le pantalon de velours côtelé et la chemise chiffonnée d'Edgar Planchavril.

– J'arrive tout droit du travail, dit Edgar.

– Ah, ah! Directement du laboratoire, hein?

– Je suppose que c'est ainsi que certaines gens diraient, accorda Edgar un peu absent.

Il était en train de reconnaître par devers lui qu'il s'était senti bien peu concerné dans le passé, quand il avait appris que des gens étaient choisis pour la méthode des planaires. Pour tout dire, son opposition farouche à cette méthode s'était révélée le matin même. Ce qui le consternait c'est qu'il avait le sentiment d'être victime d'un coup monté.

– Dans le fond, dit-il, on sait bien que Lui ne prend pas toutes ces décisions en personne. Elles sont le fait d'administrateurs et d'administrateurs adjoints.

Son interlocuteur se hâta d'intervenir :

– Certes, certes, mais elles sont toujours prises au nom des considérations les plus élevées, uniquement en son nom, signées de Lui et sous sa haute responsabilité...

C'était indiscutablement ce qui était censé se passer; et Edgar l'avait si souvent déclamé, lui aussi, qu'il fut contraint de se taire un moment.

Tandis que les danseurs se tortillaient autour de lui et que son compagnon battait la mesure avec l'une ou l'autre moitié de son corps remuée en rythme, Edgar sirotait lugubrement son verre en passant en revue l'ensemble de cette histoire de planaires.

Il y avait déjà bien longtemps que l'on avait découvert que certains vers plats d'eau douce, les planaires, étaient susceptibles « d'apprendre » certaines réactions programmées, le niveau le plus élémentaire du réflexe conditionnel, en quelque sorte. Si l'on faisait un broyage de ces vers savants et si l'on en nourrissait des planaires n'ayant subi aucun conditionnement, ces derniers se montraient capables d'apprendre les réactions programmées plus vite que les planaires n'ayant pas reçu cet aliment.

Pendant la grande rébellion, sous les ordres de Lui, ces vérités scientifiquement établies furent mises en pratique sur les êtres humains. On mit en œuvre le même procédé avec des professeurs d'université, des savants et divers autres experts que l'on fit consommer à leurs étudiants dans le cadre d'un programme de formation accélérée.

Le mince visage d'Edgar prit une expression amère.

– Il se trouve qu'un certain administrateur adjoint fait la cour à ma fiancée, expliqua-t-il, et je dois dire que je suis frappé de constater que c'est précisément cet adjoint qui m'a désigné. (Il se hâta d'ajouter :) Ne vous méprenez pas sur le sens de mes paroles. J'ai toujours été fier de mes talents de brasseur. La bière est un don, monsieur, et un don rare. Et c'est un don que j'ai, comme en atteste le fait que ma compagnie a l'insigne honneur d'être le fournisseur exclusif de la maison de Lui. Il en découle que je suis l'employé de brasserie le mieux payé de la profession. Mais enfin, il existe d'autres bières, alors, je vous le demande, où est l'urgence extrême ?

Il se rendit compte que son compagnon avait cessé de se dandiner et le regardait en clignant des yeux. Quelque chose l'avait apparemment calmé.

– De la bière ! dit cet homme corpulent. (Il aspira une gorgée de son verre, tordant bizarrement sa face épaisse. Puis :) Etrange urgence en effet, comme vous le dites. Comment disiez-vous que se nomme cet administrateur adjoint, déjà ?

Edgar lui dit qu'il s'agissait de Cerf Humoreux. L'homme sortit alors sa carte et la tendit à Edgar d'un geste décidé. On y lisait :

Philibert CRIDENTRAILLES
Y.C.E.L.U.Y.

Administrateur en chef
Immeuble du Gouvernement

Edgar eut un hoquet et faillit laisser tomber la carte. Tout le monde savait qu'YCELUY était... Il n'y avait rien au-dessus, quoi.

– Vous êtes quelqu'un d'important? demanda Edgar.

– Importantissime, reconnut tranquillement son interlocuteur. (Il ajouta :) Inscrivez votre nom au dos de ma carte et ne vous présentez pas – vous m'entendez? ne vous pré-sen-tez-pas! – à l'usine de broyage demain matin.

Edgar titubait très légèrement au rythme de la chanson qui s'égrenait dans sa tête.

– Que croyez-vous qu'il va arriver?

– Lisez les journaux! fut l'énigmatique réponse qu'il s'attira.

Sur quoi l'importantissime quitta le bar avec un balancement majestueux.

Edgar fut plus que troublé le lendemain de constater que les journaux ne contenaient absolument rien qui semblât se rapporter à son affaire. Il se dit qu'il ne s'était pas montré suffisamment patriote et sa conscience le taquina à propos de son devoir.

Il n'eut pas le temps de prendre une décision, car la police secrète lui tomba dessus dans un tumulte vrombissant : .... « Absent à une convocation... attitude séditieuse... audience extraordinaire... »

L'audience avait lieu dans les entrailles de la terre, une manière de cave où Edgar fut invité à regarder des photographies. L'une était celle de l'importantissime.

– C'est lui, dit-il.

Grosse sensation chez ceux qui l'interrogeaient. « ... chef ennemi en personne... descendu des montagnes... dans un bar... »

On conclut que le personnel du bar devait être de mèche. Par conséquent... programme d'extermination. Mais d'abord, toute affaire ayant trait au chef de l'opposition devait être portée devant Lui en personne.

Ainsi Edgar se retrouva-t-il en l'auguste présence, entouré des gardes privés du grand homme et accompagné d'un haut dignitaire. Personne d'autre. Edgar était allongé face contre le sol brillant; une voix venue du haut laissait tomber des questions et il y répondait du coin de la bouche, de son mieux.

Pleine de surprise, la voix était en train de demander :

– De la bière? (Puis d'un ton plaintif :) Ma marque personnelle?

– Votre Super, oui, selon toute apparence.

– Qu'on amène cet administrateur adjoint!

Le service secret avait déjà agrémenté Cerf Humoreux de menottes d'acier et on l'introduisit, pâle, un peu gras, anxieux et on le jeta sur le sol aux pieds de Lui.

Il y eut un silence; Edgar risqua un coup d'œil rapide et vit que les yeux de Lui étaient fixés sur l'administrateur-adjoint qui rampait à ses pieds. Puis la voix de Lui rompit brusquement le silence :

– Y a-t-il pénurie d'administrateurs adjoints de sa classe?

La voix du chef du protocole annonça aussi vite qu'il lui était possible que la pénurie était effectivement aiguë.

De nouveau, silence, puis le jugement de Lui :

– D'abord : des aveux! Ensuite : broyage pour servir à la méthode planaire.

Ils s'apprêtaient à soumettre Cerf Humoreux à un type spécial de torture humanitaire, assurant une douleur immédiate et intense, quand il se hâta d'annoncer :

– Je suis disposé à avouer, mais retirez d'abord mon déguisement.

Voilà qui causa un murmure d'étonnement et une certaine tension. Le déguisement – un masque de chair – fut promptement retiré et devint tout flasque.

Le chef du protocole qui s'était agenouillé près du corps du prisonnier pendant qu'on lui retirait son masque dit alors plein d'étonnement :

– Excellence, le visage de cette créature ressemble étrangement au vôtre...

Quelque chose de la réalité de cette situation dut alors pénétrer l'aide du dictateur à cet instant même. Il se leva d'un bond en s'écartant de l'homme entravé et jeta autour de lui des regards fulgurants et sauvages. D'une voix rauque, il hurla :

– Gardes! Vos armes!

Des pétoires luisantes apparurent dans une demi-douzaine de mains. Ce fut alors que le chef des gardes dit :

– Très bien. Dickenson! Gray!

Deux pétoires crachèrent leur flamme violette et le chef du protocole s'abattit, la peau noircie, les vêtements brûlant furieusement.

Un instant plus tard – sous le regard en coin d'Edgar qui n'avait toujours pas osé bouger – six pétoires mirent Lui en joue. Le dictateur avait esquissé un mouvement de fuite mais s'arrêta net en levant lentement les mains au-dessus de la tête.

Le chef des gardes marcha jusqu'à l'administrateur adjoint et lui retira les menottes. Ce jeune homme se leva et dit sur le ton du commandement :

– C'était du bon travail. Parfait, déguisez Lui, maintenant.

Tendu, Lui fut empoigné sans ménagement. Des menottes cliquetèrent. Une boîte à maquillage apparut et un masque de Cerf Humoreux en sortit. En quelques minutes, l'un des gardes avait maquillé Lui de manière à ce qu'il ressemble à l'administrateur adjoint tel qu'il avait été introduit dans la pièce.

La voix du nouveau Lui dit à l'ex-Lui :

– Il y a bien longtemps que nous avions mis nos hommes dans votre garde, mais vous tuer n'eût, bien sûr, pas suffi. Cela n'aurait fait que déclencher une lutte pour le pouvoir entre vos chefs politiques et militaires sans que rien fût vraiment changé. Nous avons donc cherché comment faire admettre en votre présence, vous toujours si méfiant, l'homme qui vous ressemblait physiquement – moi. Il nous a fallu pas mal gamberger, comme vous pouvez voir, y compris au moyen d'assurer que notre appât – il désignait Edgar qui commençait à remuer – ne se doute de rien. Nous avons fondé notre approche sur l'hypothèse que le programme planaire, tout en constituant d'une part une méthode radicale de contrôle de la communauté scientifique était, de l'autre, un moyen de se débarrasser de tout récalcitrant de quelque importance... (Il s'interrompit avant de finir d'un ton sévère :) La méthode est si universellement acceptée, grâce à votre propagande, que j'ordonne que la sentence que vous avez prononcée contre Cerf Humoreux soit exécutée.

En réalité, quand les futurs administrateurs adjoints s'assemblèrent pour une collation éducative, la broyeuse, à la suite, prétendit-on, d'une fausse manœuvre accidentelle, déversa la totalité de l'ex-dictateur dans un égout.

Le nouveau groupe qui avait pris le pouvoir ne croyait pas vraiment à l'efficacité de l'effet planaire sur les êtres humains. Mais, tout engagé qu'il était dans la délicate aventure de restaurer progressivement la démocratie, aucun de ses membres n'aurait voulu prendre le risque de voir les aptitudes si particulières de Lui transmises à quelques jeunes loups de l'administration.

En lieu et place du dictateur broyé, ils furent donc copieusement abreuvés de bière soustraite à la réserve privée de Lui. Ils furent servis par le maître brasseur lui-même, Edgar Planchavril, dont la charmante jeune femme participait au service.

Une vraie petite fête, comme chacun se plut à le reconnaître par la suite.

L'HOMME FILTRANT

1

La plaque fixée sur la porte luisait discrètement. On y lisait l'inscription suivante :

RICHARD CARR
Psychologue
Station Lunaire

Dans le bureau, Carr, un jeune homme grassouillet, était posté à l'une des fenêtres de son cabinet privé, d'où il observait à la jumelle le quatrième niveau, en contrebas. Un micro attaché par un cordon noir pendait à son cou. De ses lèvres, s'échappait un flot régulier de paroles :

– Pour le moment, l'homme a un problème technique en tête. Il aimerait y réfléchir mais tout ce qu'il dit à la femme qui est avec lui c'est : « Dépêchons-nous ! » Curieux..., pour une raison que je n'arrive pas à lire, elle veut partir elle aussi mais elle ne veut pas le laisser s'en tirer à si bon compte. Elle dit : « Faisons quelques pas et parlons un peu de l'avenir. » Et lui : « L'avenir ne me dit pas grand-chose... » (Carr s'interrompit.) Cette conversation est en train de prendre un tour très personnel, mon colonel. Passons à quelqu'un d'autre.

A l'autre fenêtre, le colonel Wentworth demanda :

– Vous avez une idée de la langue qu'ils parlent?

– Pas vraiment. C'est une langue slave. Leurs jeux de physionomie quand ils parlent me rappellent... oui... c'est cela, le polonais.

Wentworth tendit la main pour arrêter le magnétophone qui avait enregistré à distance la conversation du couple.

Le colonel Wentworth mesurait un mètre quatre-vingts. A trente-huit ans, il était d'une sveltesse trompeuse et une vive intelligence se cachait derrière le regard impassible de ses yeux gris. Bien qu'il fût attaché depuis huit ans au service de sécurité de la station lunaire, il n'avait rien perdu de sa froideur britannique. Le psychologuc américain était arrivé depuis peu sur la Lune et les deux hommes se rencontraient pour la première fois.

Wentworth saisit les jumelles et les porta à ses yeux pour observer à son tour le niveau inférieur. Il savait, ce que Carr semblait ignorer, que ce qu'ils étaient en train de faire était sans doute quelque peu illégal à l'intérieur de la cité lunaire où se trouvaient mélangés des gens de toutes nationalités en vertu des accords internationaux – accords qui n'autorisaient personne à épier les pensées des gens en étudiant leurs jeux de physionomie.

Néanmoins, en prenant soin de détourner légèrement la tête (à ce stade, il préférait que Carr ignore certaines de ses pensées), Wentworth dit, sans s'engager davantage :

– Cela fait dix minutes que nous sommes sur les mêmes, si nous en essayions un dernier... tenez, le petit, là, avec la rousse ?

Carr ne répondit pas tout de suite. Il avait l'air profondément absorbé. Soudain, il s'exclama avec stupéfaction :

– Ce type, mon colonel!... en bas! Le grand maigre avec le turban... *Ce n'est pas un être humain!*

Wentworth fut surpris.

– Qu'est-ce que vous racontez?

Il saisit ses propres jumelles tandis que Carr continuait d'une voix stridente :

– Oh, mon Dieu, il m'a repéré. Il va me tuer! Attention!

Instinctivement, Wentworth se jeta à plat ventre. Il y eut un éclair fulgurant, d'un éclat plus vif que le jour. Une pluie de plâtras suivit le fracas du verre brisé.

Le silence revint.

Wentworth s'était vaguement rendu compte que Carr s'était lui aussi laissé tomber à terre. Il jugea qu'il devait être sain et sauf et, sans perdre une seconde, il se mit à genoux et se traîna jusqu'au bureau. Il s'empara du téléphone et, quelques instants plus tard, il déclenchait l'alerte générale.

2

Le Dr Boris Denovich, récemment nommé chef de la section psychiatrie, écoutait en fronçant les sourcils le récit que lui restituait le robot-traducteur. Récit qu'il trouvait décidément par trop invraisemblable.

Il mit en place le minuscule écouteur et, interrompant le colonel Wentworth, il lança en russe dans le micro de l'appareil :

– Chercheriez-vous à me faire croire que ce jeune Américain prétend lire les pensées des gens à leurs mimiques faciales ? C'est certainement à la télépathie que vous faites allusion, mon colonel.

Wentworth considéra pensivement son interlocuteur, un homme entre deux âges au visage empreint de gravité. Il y avait quelque chose que Carr et Denovich ignoraient tous deux. Il s'était attendu à la réaction de ce dernier mais il voulait avoir une certitude :

Denovich continua :

– Vous avez déjà vérifié ? Les langues et tout le reste ?

Wentworth avait jugé que cette vérification était la première chose à faire et il avait passé vingt minutes d'un temps précieux enfermé dans le bureau de traduction.

– Les langues employées par les différentes personnes que j'ai enregistrées étaient le polonais, l'allemand, le grec et le japonais.

– Et les propos que leur prête Carr correspondent-ils à ces traductions ?

– Pas mot pour mot, non. Mais il ne fait aucun doute que le sens y est.

Le visage du psychiatre se creusa encore. Pour lui, il était indiscutable que l'officier de sécurité était victime d'une supercherie de la part du psychologue américain. Comment et pourquoi, il serait toujours temps de se poser la question.

– Vous devriez écouter la fin de l'enregistrement, reprit le colonel Wentworth.

– Ce n'est pas la peine, répliqua Denovich avec patience. J'imagine qu'il a réussi son coup. J'ose espérer, mon colonel, que votre Américain n'est pas tout simplement un spécialiste de la lecture sur les lèvres, doublé d'un linguiste.

L'officier de sécurité s'adressa à la secrétaire au visage épanoui :

– Déroulez la bande jusqu'au repère. (Puis se tournant vers Denovich :) Il faut que vous entendiez cela docteur, dit-il.

La bande redémarra au moment où Wentworth suggérait à Carr de passer à un autre couple. Il y eut un silence puis la voix de Carr prononça les paroles saisissantes qui avaient un peu plus tôt galvanisé le colonel.

Denovich se dressa sur sa chaise quand le fracas de l'explosion et du verre brisé résonnèrent dans le haut-parleur. Il eut vaguement l'impression que l'officier de sécurité arrêtait l'appareil et il s'entendit demander d'une voix stridente :

– Qu'est-ce que c'était? Que s'est-il passé?

Quand Wentworth le lui eut expliqué, il avait recouvré son sang-froid.

– C'est un canular, annonça-t-il. (Puis :) Avez-vous regardé par la fenêtre? Qu'avez-vous vu?

– J'ai été pris au dépourvu, avoua Wentworth. Je me suis jeté à plat ventre. Quand les plâtras ont cessé de pleuvoir, il s'était déjà écoulé deux ou trois minutes.

– Et vous n'avez donc vu aucun personnage grand, maigre et non humain? fit Denovich, sarcastique.

Wentworth reconnut que le temps qu'il aille voir à la fenêtre, il n'y avait plus personne répondant à cette description sur les niveaux inférieurs.

Le psychiatre soviétique s'enfonça dans son fauteuil, s'efforçant de retrouver son calme. Il s'aperçut qu'il était dans un état de surexcitation fort désagréable. Il y avait longtemps qu'il n'avait pas frôlé la colère d'aussi près. Et son exaspération avait pour unique objet le psychologue américain, le Dr Richard Carr.

Il ne tarda pas néanmoins à se maîtriser :

– Pourquoi ne pas le laisser simplement appliquer son prétendu talent? Je lui fournirai tout le matériel nécessaire. Cela me permettra d'en avoir le cœur net et lui donnera en outre l'occasion de faire la preuve de ce qu'il avance. Nous pourrons ainsi partir de là. (Un sourire peu engageant joua sur ses lèvres.) Je serais heureux de lui donner l'occasion de lire mes pensées sur mon propre visage.

Denovich avait l'air très satisfait de sa proposition et il ne semblait pas comprendre qu'aux yeux de Wentworth, l'affaire était autrement urgente. L'officier de sécurité se mordit les lèvres.

– Je vais chercher le Dr Carr, dit-il enfin. Nous en parlerons avec lui.

Wentworth alla à la rencontre de Carr à la sortie de l'ascenseur. Quand le psychologue sortit de la cabine, le colonel lui tournait le dos. Il lui adressa un bref signe de tête par-dessus son épaule en guise de salut.

– Par ici, professeur, lui dit-il.

En regagnant le bureau du psychiatre soviétique, il s'arrangea non seulement pour précéder Carr de quelques centimètres, mais aussi pour détourner un tout petit peu la tête.

A leur entrée, Denovich se précipita au-devant d'eux, l'écouteur logé dans l'oreille et le micro du robot-traducteur agrafé à son revers.

Sur Terre, il avait une technique pour accueillir les gens avec lesquels il ne tenait pas à établir de relations : faire en sorte qu'ils ne restent pas un instant sans bouger et prendre congé d'eux sans se gêner, le plus rapidement possible, de préférence près de la sortie.

La vue de l'Américain à l'air maladif, la mollesse de la poignée de main entre ses doigts musclés, ne lui donnèrent aucune raison de changer de disposition d'esprit.

– Par ici, dit-il en indiquant le corridor.

Carr ne bougea pas. Un léger sourire indulgent apparut sur son visage épais. Denovich, qui avait ouvert la porte et la tenait entrebâillée, se retourna.

– Il va falloir que nous nous entendions mieux que cela, docteur, murmura l'Américain.

– J'oubliais, répliqua Denovich, immédiatement cynique, vous lisez sur les visages, et vous le faites sans doute sur le mien. Qu'est-ce que vous voyez?

– Vous voulez vraiment que je le dise à voix haute, docteur? fit Carr sans se départir de son sourire.

Le psychiatre avait l'impression de se contrôler totalement.

– Je serais heureux qu'on en finisse avec cette farce, dit-il d'un ton jovial.

A ce moment-là, Wentworth, qui attendait pour intervenir qu'un semblant de confrontation se fût engagée entre les deux hommes, estima que c'était chose faite et il expliqua avec fermeté que la faculté de Carr pouvait être mise à l'épreuve sur le plan pratique tout autant que sur le plan expérimental.

– Si vous voulez bien m'accompagner tous les deux jusqu'au port de débarquement..., conclut-il.

Le colonel avait pris soin, tout en parlant, de détourner légèrement la tête. Il vit le psychologue pivoter pour lui faire face.

– Jusqu'à présent, commença l'Américain d'un ton posé, j'ai respecté ce que je prenais pour le désir de garder secrètes certaines pensées de caractère privé. Mais j'ai cru apercevoir une ou deux choses à travers la froideur toute britannique de vos joues et malgré votre attitude évasive, je détecte des pensées qui me concernent. Vous avez des renseignements au sujet de mon aptitude particulière; c'est quelque chose... (Il s'interrompit, le front plissé et reprit sur un ton de défi :) Ce que je fais n'est pas nouveau pour vous! Quelqu'un l'a déjà fait avant moi.

Sans cesser d'éviter de regarder l'Américain, Wentworth dit avec diplomatie :

– Vous n'en êtes pas loin. Ecoutez, je vous raconterai tout le plus tôt possible à tous deux. Pour l'instant, nous avons du travail sur la planche, n'est-ce pas?

En sortant du bureau devant les deux hommes,

Wentworth pensait toujours que le talent de Carr pourrait être utilisé pour le problème que posait la présence de l'extra-terrestre. Mais s'il voulait profiter du pouvoir miraculeux, il n'y avait pas une seconde à perdre.

Ce que Carr et Denovich ignoraient, c'était que depuis la mise en service de la station lunaire, plusieurs personnes avaient acquis de façon soudaine et inattendue de remarquables facultés de perception extra-sensorielle ou parapsychologique. Facultés qui s'étaient toujours révélées différentes les unes des autres. C'était la première fois qu'elle consistait à lire sur les visages des gens. Les dons qui s'étaient manifestés jusque-là étaient le reflet d'un centre d'intérêt de l'intéressé mais soudain exalté jusqu'à la perfection. Et il semblait parfois si naturel à celui qui le possédait soudain qu'il ne prenait pas la peine de le signaler aussitôt ou n'y voyait même rien d'extraordinaire.

La faculté se manifestait pour la première fois pendant une période de deux jours.

Laps de temps au bout duquel elle s'étiolait pour disparaître entièrement pendant plusieurs heures. L'intéressé oubliait alors avoir eu un talent particulier.

Puis, brusquement, son pouvoir de perception extrasensorielle lui revenait mais sous une forme exaltée. Sous cette forme, c'était quelque chose de fantastique. Une perception extrêmement aiguë mais dans une version différente du talent initial.

Wentworth en avait fait un jour la description en ces termes :

– Comme un animal dans les affres de l'agonie est capable de déployer l'effort le plus colossal de sa vie pendant un court instant, nous nous trouvons, après cette altération, devant une faculté de perception extrasensorielle élevée à la puissance *n*. Peut-être avons-nous, l'espace de quelques heures, l'aperçu d'un pouvoir incroyable qui sera celui de l'homme dans un avenir lointain.

L'épilogue survenait ensuite rapidement. Au bout de quelques heures. Le don, sous sa forme exaltée, se détériorait à son tour pour ne plus jamais réapparaître.

Carr était arrivé sur la Lune quarante-huit heures plus tôt et c'était là ce qui tracassait Wentworth. Il se doutait que le psychologue était capable d'exercer son talent depuis qu'il avait débarqué. La première phase touchait donc à sa fin et il pouvait perdre sa faculté d'un moment à l'autre.

... Il n'y avait pas de temps à gaspiller! Maintenant que l'on en avait fini avec les préliminaires, chaque minute comptait! Il ne fallait pas semer la confusion dans l'esprit de Carr ni le distraire en lui permettant de découvrir brutalement la vérité. Wentworth ne voulait pas lui donner l'occasion de lire dans ses pensées; il fallait prendre soin, donc, de ne jamais le regarder en face.

3

Ils gagnèrent le spatioport et furent rapidement transportés sous le terrain d'atterrissage des vaisseaux. Comme ils sortaient du petit véhicule monorail, un homme vêtu de l'uniforme d'officier du port surgit d'une porte et s'avança dans leur direction.

C'était un des anciens de la station lunaire. Wentworth le salua d'un signe de tête. L'homme agita le bras et poursuivit son chemin. Wentworth fit un geste du bras, invitant ses compagnons à prendre la direction d'où venait l'officier. Denovich obéit aussitôt. Carr fit quelques pas puis il s'arrêta pour regarder en arrière.

– Pourrais-je parler à cet officier, mon colonel? demanda-t-il.

– Qui? s'étonna Wentworth qui avait déjà oublié leur rencontre.

– L'officier du port que nous venons de croiser.

– Peterson? Mais bien sûr! (Il se retourna.) Eh! Pete!

Carr s'était élancé dans le corridor. Lorsque Denovich se rendit compte qu'il se passait quelque chose d'anormal et se retourna, Carr et Peterson avaient déjà engagé la conversation. L'homme en uniforme opina à deux reprises et partit soudain d'un rire hystérique.

Quelques personnes qui sortaient de la salle des bagages entendirent le rugissement et s'arrêtèrent pour regarder la scène.

A sa grande stupeur, Denovich vit Peterson éclater en sanglots. Le Russe, qui sentait la tension de son corps frêle, s'approcha des deux hommes. Il se rendit vaguement compte que Wentworth le rejoignait.

L'officier du port braillait et, en même temps, essayait de se maîtriser.

– Qu'avez-vous dit? sanglota-t-il. Je n'ai pas compris... mais qu'est-ce qui m'est arrivé? Je n'ai jamais fait une chose pareille!

Il avala péniblement sa salive, fit un effort démesuré pour se ressaisir... et éclata aussitôt de fureur :

– Qu'est-ce que vous m'avez fait? rugit-il. Espèce de...

– Hier après-midi, quelqu'un est arrivé qui a pris le contrôle de votre esprit, dit Carr. Dites-nous ce qui s'est passé.

Peterson parut oublier sa fureur.

– Eh bien... Oh, vous voulez parler des nègres? Ils étaient trois. L'un d'eux avait l'air bizarre – il avait les joues creuses, vous comprenez. Je lui ai donc demandé d'ôter son turban.

Il se tut, cligna des yeux et contempla Carr, bouche bée, l'air totalement hébété.

Le psychologue le pressa :

– Qu'avez-vous fait?

– Eh bien, je... (Ses yeux s'écarquillèrent.) Il y a eu un éclair, qui venait de la chose qu'il avait sur son...

Il s'interrompit encore, le visage vide de toute expression puis il reprit :

– Qu'est-ce que je raconte? Ce n'est pas possible! Je rêve!

Denovich s'avança. Son opinion était faite à présent. Il venait d'assister – à ce qu'il lui semblait – à l'induction hypnotique la plus rapide qu'il ait jamais vue.

– Eloignez-vous de cet homme, docteur Carr, dit-il d'un ton bas et rageur.

Carr, surpris, se retourna à demi. Denovich sentit quasiment le regard de l'Américain qui le scrutait.

– Oh! fit le psychologue. (Puis, d'un ton ferme :) Un instant, je vous prie, ajouta-t-il.

Il fit face à l'officier du port.

– Rentrez vous reposer. Si vous ne vous sentez pas mieux dans une heure, venez me voir à mon bureau. (Il tendit une carte à Peterson, puis s'adressant à Wentworth :) Je crois qu'il serait préférable d'avoir un entretien avec le directeur du port.

Ce dernier était d'une autre corpulence que le psychologue américain. C'était un Italien, de nature joviale, compétent, individualiste, et qui répondait au nom de Carlo Pontine. Ignorant le traducteur de Denovich, il parla dans son propre micro.

– Ces trois Africains arrivaient de Vastuland. (Il leva les mains en geste d'impuissance.) Vous allez avoir du travail, messieurs.

Wentworth, qui avait déjà mobilisé le contingent noir du service de sécurité savait ce qu'il voulait dire. L'extra-terrestre avait été très habile, ou avait eu beaucoup de chance, en revêtant l'apparence d'un Noir car, en principe, l'existence de tensions raciales aurait dû le protéger. Il fallait espérer que la faculté de Carr pourrait dépasser ce genre d'obstacle.

Pontine avait des photos des trois Vastulanders. Et parmi eux, sans erreur possible, se trouvait un individu efflanqué coiffé d'un turban particulièrement compliqué, apparemment de type musulman. L'étoffe tombait très bas sur le front, et le visage, manifestement, n'était que superficiellement humain.

La projection du cliché sur grand écran révélait distinctement un épiderme squameux sous le pigment noir.

Quelques instants plus tard, Wentworth, inquiet, faisait diffuser la photo sur le circuit de télévision privé du service de sécurité. Après avoir donné ses instructions sur un ton saccadé, il tourna le bouton de sa propre télévision en seconde position. L'un après l'autre, les voyants s'éteignirent, à l'exception de deux qui continuèrent de clignoter : information urgente.

Wentworth imagina ce qui se passait. Dans les dizaines de secteurs qui composaient la vaste station lunaire, des hommes parcouraient les galeries, jetaient un coup d'œil dans les bureaux, passant chacun son propre territoire au peigne fin. Plus important encore : si l'un d'entre eux avait déjà vu la personne recherchée, il était en ce moment en train de vérifier si elle se trouvait bien là où elle aurait dû être.

A ce moment-là, un vibreur bourdonna doucement et un voyant se ralluma. Carr pressa la touche et le visage du jeune Ledoux, de la section française, apparut sur l'écran.

– Colonel Wentworth?

– Oui, je vous écoute.

– Un appartement a été affecté à cet homme hier après-midi dans mon secteur. Toutefois, il est sorti il y a une heure et je ne l'ai pas revu depuis.

Déjà, un autre voyant clignotait, annonçant le message suivant : « L'homme a été vu il y a trente-cinq minutes environ, arpentant à vive allure le complexe R-1. »

Wentworth poussa un soupir en son for intérieur. R-1 était le principal bloc résidentiel réservé aux visiteurs. Il comportait 1544 appartements dont la plupart étaient vides à cette époque. Mais un architecte à l'imagination débordante avait voulu faire une œuvre futuriste et une commission qui ne se souciait guère des problèmes de sécurité en avait autorisé la construction. Le complexe, avec ses innombrables galeries et ses escaliers de service, ses patios, ses trente-six restaurants, ses quatre théâtres, ses jardins, ses recoins pour amoureux et ses véhicules destinés au transport de surface, constituait une véritable ruche comportant des centaines d'issues.

R-1 représentait la plus sûre des cachettes de la cité lunaire. Il était catastrophique que l'extra-terrestre l'eût justement repéré et s'y fût réfugié. Wentworth, amer, remit le bouton de son émetteur sur la première position, et décréta l'alerte générale.

Puis, toujours en détournant la tête, il saisit Carr par le bras, adressa un signe de tête à Denovich et dit dans un souffle « Suivez-moi! », en entraînant ses compagnons vers l'ascenseur.

Il plaçait presque tout son espoir dans une perquisition rapide où aucun moyen ne serait négligé. La faculté de Carr – qui avait déjà fait ses preuves – était un de ces moyens. Leur chance de succès résidait dans le fait que, la face qu'ils occupaient sur la Lune tournant le dos au soleil, trente-huit seulement des appartements étaient occupés. Personnellement, Wentworth préférait la Lune au cours de sa phase nocturne, avec sa vue magnifique sur la Terre. Mais c'était une chance en l'occurrence que les touristes ne fussent pas du même avis.

Le colonel exposa brièvement son plan à ses compagnons : au moment où quelqu'un ouvrirait la porte de l'appartement, Carr commencerait de lire ses pensées, tandis que Wentworth lui poserait des questions.

En fait, en général avant même que la personne

ait eu le temps de répondre, Carr disait « Non! », et un adjoint de Wentworth prenait la relève, tandis que Carr, Denovich, Wentworth et le détachement qui les accompagnait s'élançaient vers l'appartement suivant.

Une femme de petite taille ouvrit la porte du septième appartement et les considéra d'un regard interrogateur. Elle portait une robe noire à col montant et Wentworth se demanda avec stupéfaction comment on avait pu la convaincre de tenter le voyage sur la Lune. Mais ce n'était pas la première fois qu'il était sidéré par le style de certains voyageurs.

Il vit que Carr hésitait. Le psychologue avait l'air désorienté. Enfin, il annonça :

– Il est là.

Quelqu'un tira la femme en arrière et lui plaqua la main sur la bouche, étouffant son cri. Quelques secondes plus tard, sur un signe de Wentworth, les hommes de l'unité mobile, munis de silencieuses roulettes de caoutchouc, pénétrèrent dans l'appartement.

Wentworth, tapi derrière la porte, était vaguement inquiet. Il avait donné la consigne de frapper sans pitié. Mais, brusquement, il songeait qu'il s'agissait d'un représentant d'une autre race. Et le premier qui se fût signalé à l'intérieur du système solaire. Fallait-il l'abattre à vue?

Au bout de quelques instants, ses doutes s'apaisèrent. Quand il s'était vu découvert, l'extra-terrestre avait tenté de tuer Carr sur-le-champ. De surcroît, il s'était introduit clandestinement à l'intérieur de la station lunaire. C'est lui qui avait ouvert les hostilités et il devait être traité en conséquence.

Un horrible frisson d'excitation vint effacer ses réflexions. Il s'agissait du picotement particulier des vibrations électriques dues à l'appareil dont était équipée l'unité mobile. Il était chargé au maximum.

Wentworth se félicitait en silence lorsqu'un éclair éblouissant illumina le corridor. La porte s'embrasa comme si le soleil la frappait directement.

La lueur aveuglante disparut comme elle était venue. Il y eut un bruit de plâtras mais rien ne bougea. Pâle et tendu, Wentworth, en proie à l'inquiétude, attendit.

4

Quelques minutes auparavant, Xilmer avait compris que, s'il le désirait, l'instant de la confrontation était venu. Il avait donc envoyé un message au *giyn*, c'est-à-dire au croiseur en orbite très loin au delà de la Lune, par l'intermédiaire de l'instrument dissimulé dans son turban. En demandant des instructions il avait précisé :

– Une seule chose m'inquiète au sujet de ma mission d'espionnage. Quelqu'un qui se trouvait dans une pièce à l'étage supérieur d'un édifice m'a repéré il y a une heure. La faculté dont il a fait preuve me fait penser qu'il existe à l'intérieur de la station lunaire des êtres de deux types. Le premier groupe, constitué par la grande masse de la population, est sans importance. Toutefois, les créatures de la seconde catégorie, dont l'une d'elles m'a repéré à distance, pourraient constituer une forme de vie plus puissante. Je pense donc que le mieux serait que je m'échappe de l'appartement où je me trouve en traversant un mur et que j'essaie par tous les moyens de rejoindre la pièce où cet être de type supérieur m'a détecté. Je crois vraiment avoir intérêt à m'emparer de lui avant que des décisions irréversibles ne soient prises.

La réponse qu'il avait obtenue ne présageait rien de bon :

– D'ici vingt-quatre heures, la flotte prendra le risque d'établir une liaison subspatiale d'une minute de durée. Nous devrons donc être en mesure de lui dire de revenir ou de poursuivre plus loin.

– Je compte agir avec précautions, protesta Xilmer. En passant par les murs pour éviter les corridors. Et avant de partir, j'essaierai d'effacer toute trace de mon passage dans le souvenir des personnes importantes. Au pire, cela ne devrait me prendre que quelques heures.

– Pourquoi ne pas quand même essayer de voir de quelles armes ils disposent en une circonstance comme celle-ci. Cela ne vous prendra que quelques secondes.

– Très bien.

Oppressé, Wentworth contempla les décombres, puis il se tourna vers les deux hommes abasourdis qui venaient de s'extraire de leur véhicule démantelé.

– Que s'est-il passé? leur demanda-t-il.

Si étrange que cela pût paraître, ils ne le savaient pas très bien. En entrant dans l'appartement, ils avaient vu une silhouette humaine.

Le sergent Gojinski secoua la tête comme pour chasser la brume de son esprit puis, approchant de sa bouche le micro de son traducteur, il dit d'un ton tremblant :

– Il était là. Je l'ai vu qui nous regardait arriver. Il n'avait pas peur. J'ai braqué le paratonnerre sur lui. Enfin... je veux dire...

C'était le mot d'argot qui désignait l'arme dont était équipée l'unité mobile. Wentworth fit un signe impatient au sergent, l'engageant à continuer.

– Alors j'ai lancé l'ordre d'ouvrir le feu, poursuivit Gojinski. J'ai vu la vibration le toucher. Puis quelque chose de brillant est venu frapper l'unité... Je crois que ça m'a assommé. Quand j'ai pu voir quelque chose, il y avait un trou béant dans le mur et il était parti.

Son compagnon, un Sud-Américain, avait eu une expérience semblable.

En entendant ces récits, Wentworth sentit un frisson le parcourir. La supériorité de l'armement était manifestement du côté de l'adversaire. Indécis, il s'approcha du trou qui avait été ouvert dans le mur. L'infrastructure d'acier présentait une découpe nette. Le colonel promena son compteur Geiger autour de l'orifice mais l'instrument demeura silencieux.

Il s'agissait là d'une puissance incroyable et qui ne mettait pas en jeu l'énergie nucléaire.

Wentworth mobilisa toute son énergie. La station lunaire possédait une douzaine d'unités mobiles en réserve pour toute éventualité. Mais il faudrait les charger, ce qui prendrait un peu plus d'une heure.

Il exposa posément ses intentions aux hommes qui l'entouraient.

Il gagna l'intercom le plus proche et lança des instructions.

– Tous les observateurs, restez à vos postes. Dès que les unités supplémentaires seront arrivées, avertissez-moi à...

Après une hésitation, il indiqua l'adresse du Dr Denovich.

Il vit Carr s'approcher de lui. Sans le regarder, Wentworth dit :

– J'aimerais mieux que vous demeuriez en retrait pour les opérations à venir. N'oubliez pas que lorsque cette créature s'est aperçue que vous l'observiez, elle a aussitôt tenté de vous supprimer. Apparemment, il ne lui a pas paru utile de tuer qui que ce soit d'autre. C'est un fait dont il faut tenir compte.

Carr répliqua avec nervosité :

– Vous ne pensez pas qu'il a été simplement surpris de tomber sur moi?

C'était certes possible, mais Wentworth n'était pas prêt à courir des risques.

– Je voudrais vous faire part de quelque chose, enchaîna Carr. Quand j'ai vu le visage de cette petite femme, j'ai cru un instant que je n'arriverais pas à lire ses pensées. Vous ne pensez pas que cet extra-terrestre aurait brouillé son esprit de façon à ce que son expression ne laisse rien transparaître?

Wentworth eut un mouvement de compassion. Manifestement, cet échec partiel signifiait que la première phase touchait à sa fin. C'était un cruel coup du sort mais c'était aussi manifestement le moment de mettre Carr au courant.

D'un mouvement délibéré, il fit face au psychologue :

– Pourquoi n'essaieriez-vous pas de lire mes pensées, docteur? murmura-t-il.

Carr lui adressa un bref coup d'œil et fronça les sourcils. Il pâlit légèrement. Puis il dit enfin :

– C'est difficile, elles sont très compliquées. Vous pensez que ma faculté de lire sur les visages est un... un... (Il secoua la tête, stupéfait :) Je ne comprends pas... un stéréotype banal? Ça n'a pas l'air d'être ça.

Ses hésitations étaient une nouvelle preuve du fait que l'aptitude de Carr avait bien commencé de s'estomper.

– Accompagnez-moi chez le Dr Denovich, fit le colonel. J'ai certainement le temps de tout vous raconter à l'un et à l'autre.

Une heure plus tard, aucun appel n'était encore intervenu pour signaler que les unités mobiles supplémentaires étaient prêtes et Wentworth avait achevé son exposé.

Carr, le visage défait, les lèvres pincées, avait l'air d'un homme confronté à une vérité désagréable.

– Cela me paraissait tellement naturel, marmonna-t-il. Cela fait des années que la question des jeux de physionomie me passionne.

– Quand cette aptitude s'est-elle manifestée effectivement? demanda Wentworth.

– Eh bien, il y a deux jours, pendant le voyage vers la Lune. J'étudiais les expressions des autres passagers, et les choses ont commencé à s'organiser. Quand nous nous sommes posés, j'avais élaboré tout un système pour en faire l'application pratique.

– Vous ne m'avez donc appelé que quelques heures avant la fin du délai de deux jours de la première phase. A présent, votre faculté est en train de disparaître. Elle réapparaîtra sous une forme différente dans quelques heures.

Carr pâlit encore, si c'était possible.

Il dit d'un ton ému :

– Mais quelle forme peut bien prendre l'exaltation de cette faculté ? Je ne peux rien imaginer qui soit au delà de ce que je pouvais faire.

Denovich, le visage empreint de sévérité, le corps tendu, se pencha en avant et l'interrompit sèchement :

– Tout ce secret est insultant. Pourquoi ne m'a-t-on pas informé dès mon arrivée ? Pourquoi aucune publicité n'a-t-elle été donnée à un fait aussi important ?

L'officier de la Sécurité fit remarquer avec froideur que la station lunaire n'était opérationnelle que depuis huit ans. Les voyages dans l'espace étaient encore une nouveauté. Les gens s'alarmaient sans raison. Un phénomène comme celui-là aurait pu avoir des conséquences catastrophiques s'il avait été rendu public. Toutefois, le black-out allait être levé. Une déclaration était prête depuis longtemps. Elle serait adressée à la presse mondiale dès que le Conseil de Sécurité des Nations Unies l'aurait approuvée.

– Et, continua Wentworth, en ce qui vous concerne vous, docteur Denovich, et vous, docteur Carr, je comptais vous mettre au courant dès que vous auriez compris que l'un d'entre vous était... comment dirais-je, victime de ce processus.

Etant donné les circonstances, cette méthode

menée à bien par un expert, avait des chances de faire ses preuves.

Wentworth eut un pâle sourire :

– J'espère que vous conservez des notes, docteur Carr.

– J'ai des notes complètes, répliqua le psychologue d'un air sombre.

– Ce sera la première fois. C'est déjà un progrès.

Après cette remarque, il étendit les mains en signe d'impuissance :

– Voilà, vous savez tout. (Puis il se leva.) Je pense que je devrais aller voir où en sont les unités mobiles de réserve. (Il se tourna vers le Dr Denovich.) Gardez l'œil sur votre confrère, monsieur.

Le psychiatre fit un bref signe de tête.

Lorsque les deux hommes se retrouvèrent seuls, Denovich contempla l'Américain avec une lueur de bienveillance dans le regard.

– Vous avez éprouvé un grand choc, docteur Carr. J'ai bien envie de vous administrer un somnifère léger afin que vous soyez détendu pendant la disparition de vos facultés.

Carr, les yeux rétrécis, scruta le visage de son compagnon.

– Mes facultés sont peut-être en train de disparaître, mais vous devriez avoir honte des pensées que je crois être les vôtres.

Denovich rejeta l'accusation :

– Je suis sûr que vous vous trompez.

– Vous comptiez vous emparer de mes notes pendant que je dormais, insista Carr.

– J'ai effectivement pensé à vos notes, reconnut

le Russe. Et leur importance ne m'échappe pas. Mais je n'ai pas imaginé un seul instant que vous refuseriez de nous les communiquer.

– Ce que j'ai lu pouvait sans doute être pris dans ce sens. Je vous prie de m'excuser... nous sommes tous deux sur les nerfs. Je vous propose de faire un bilan de la situation.

Carr exposa son point de vue. Denovich et lui-même étaient deux spécialistes face à un phénomène. Pourquoi ne s'emploieraient-ils pas à analyser le processus d'effacement de sa faculté? Il conclut par ces mots :

– Peut-être qu'en en reparlant sans cesse et en reconsidérant le phénomène, nous pourrons éviter que le souvenir s'en efface.

L'idée était bonne et les deux hommes se mirent aussitôt au travail. Pendant deux heures et demie, le plan eut l'air de marcher car sa mémoire ne manifesta aucun signe d'affaiblissement.

Le téléphone sonna soudain.

C'était Wentworth qui signalait que les équipes chercheuses étaient enfin grossies d'unités mobiles supplémentaires.

– Je voulais savoir si vous désiriez me rejoindre, demanda l'officier de Sécurité.

Denovich lui expliqua qu'ils ne pouvaient lâcher ce qu'ils étaient en train de faire.

Il raccrocha et, se retournant, il sursauta en découvrant le psychologue, les yeux clos, le corps affalé en arrière, étrangement flasque. Denovich se pencha sur l'Américain pour le secouer mais l'autre ne réagit pas. Son pouls et sa respiration régulière étaient ceux d'un homme endormi.

Denovich ne perdit pas de temps. Il remplit une

seringue et lui fit une piqûre à base de sédatif. Il chargea ensuite sa secrétaire d'une course qui lui prendrait le reste de la journée. Il fouilla alors l'homme inconscient, trouva ses clés et, se munissant de son microphotocopieur, il gagna la section américaine où se trouvait le bureau de Carr.

Il n'éprouvait aucun remords. « Ce n'est pas le moment de se montrer délicat », se dit-il. L'intérêt national avant tout.

Il découvrit les notes presque tout de suite. Elles constituaient une liasse plus volumineuse qu'il n'aurait cru. Une demi-heure plus tard, il était toujours en train de photocopier fébrilement les feuilles les unes après les autres, quand il entendit un léger bruit dans son dos.

Denovich n'était pas homme à paniquer facilement. Il se retourna lentement et un frisson d'effroi le parcourut.

Une silhouette se dressait devant lui.

Le Russe, stupéfait, avait du mal à comprendre comment cette créature avait pu être prise pour un être humain. Sa maigreur n'était pas naturelle. Certes, son visage noirci avait quelque chose d'humain, mais les jambes que moulait la longue tunique... non, vraiment! La façon dont l'étoffe se collait contre elles et les dessinait! L'œil averti du physicien enregistra tous les détails en un seul coup d'œil.

Une voix s'échappa du turban et dit en russe :

– Où est... (Il hésita.) ... le docteur Carr?

Denovich n'avait jamais aspiré au martyre et il n'allait certainement pas changer d'opinion à présent. Mais, comme cela lui était arrivé par le passé, il se trouvait face au dilemme communiste. La doctrine du parti exigeait que, en toutes circonstances, l'on agisse « pour le peuple », sans tenir compte des risques personnels. Refuser de suivre cette règle signifiait une séance d'autocritique et l'obligation de rendre compte de ce manquement à la discipline.

Il y avait longtemps que Denovich avait résolu le problème grâce à un critère simple et efficace : quel était le risque que cela se sache?

Dans les circonstances présentes, il estima qu'il était nul. Poursuivant son analyse, il conclut que sa seule chance résidait dans une collaboration totale avec cet être effrayant. Il n'avait qu'une seule idée en tête : *Peut-être me laissera-t-il la vie sauve?*

Il prononça d'une voix hachée :

– Onze étages au-dessous, dans la section russe, dans mon bureau... 422-N.

La créature le dévisagea d'un air sinistre puis laissa tomber d'un ton méprisant :

– Ne vous inquiétez pas. Nous ne voulons pas de mal aux gens. Et, en ce qui concerne le calcul secret que vous venez de faire, je ne l'effacerai pas de votre mémoire.

Un éclair aveuglant jaillit du turban et frappa le psychiatre en plein front.

Nuit noire!

5

Il fallut un certain temps à Xilmer, qui avait choisi la méthode de progression qui lui semblait la plus prudente, pour atteindre le bureau 422-N. Debout devant l'homme inconscient qui gisait sur le divan, il expédia un message pour décrire ce qu'il avait sous les yeux.

– A ma connaissance, je pourrai le détruire sans que ni lui ni personne ne soient en mesure de m'en empêcher.

– Attendez!

Au bout de quelques minutes, l'explication arriva :

– Dites-nous précisément dans quelles conditions il a perdu connaissance.

Xilmer décrivit consciencieusement ce qu'il avait perçu dans l'esprit du psychiatre à propos de la perception extrasensorielle particulière de Carr, expliquant que Denovich avait administré un puissant narcotique à l'Américain.

– C'est ce somnifère qui le met ainsi à notre merci. (Il conclut :) Il semble totalement impuissant et je recommande vivement qu'on ne le laisse pas se réveiller. Qui sait ce que pourraient donner ses pouvoirs extrasensoriels une fois exaltés?

– Attendez!

Le récepteur logé dans sa coiffure se tut à nouveau puis :

– Selon nos calculs, l'être humain que vous avez devant vous a eu le temps d'atteindre à ce stade d'exaltation de ses pouvoirs qui fait apparemment partie du cycle. Aussi, avant tout, examinez donc ce qui se passe au niveau du cerveau inférieur.

– J'ai déjà procédé à cet examen.

– Quelles sont vos conclusions?

– En dépit de son état inconscient, il y a quelque chose au niveau de son cerveau qui m'observe et qui, disons, enregistre notre conversation.

... mais il n'existait pas de synapses énergétiques assez puissantes pour contrôler les flux d'énergie. Et Carr ne pouvait pas lutter. Quelle que fût la nature de ses pouvoirs une fois transformés, il ne pouvait pas s'en servir comme d'une arme.

Xilmer conclut par ces mots sinistres :

– Je pense que nous pouvons affirmer sans risques que si nous empêchons cet homme de se réveiller, les habitants de ce système stellaire n'auront aucune défense à nous opposer.

– Quel dommage!

C'était bref, et sans pitié. Les deux correspondants échangèrent mentalement un sourire de supériorité.

– Quelles sont mes instructions? demanda Xilmer en retrouvant le sérieux qui convenait à ce genre d'affaires.

– *Tuez-le!*

Quand Denovich revint à lui, il constata qu'il était étendu sur le tapis. Il se redressa et jeta un regard circulaire autour de lui. Aucune trace de l'extraterrestre, constata-t-il à son grand soulagement. Tremblant encore, il se leva et se dirigea vers la porte. Il inspecta le corridor : rien, pas une âme en vue.

Luttant contre la panique qui le gagnait, il récupéra son matériel mais eut une hésitation en s'apercevant qu'il n'avait pas fini de photocopier les documents. Après un instant de réflexion, il s'empara de toutes les notes du psychologue, y compris celles qu'il avait déjà reproduites.

Une fois dans le corridor, il consulta pour la première fois sa montre. Cela faisait deux heures que Carr était sous l'influence du sédatif. Denovich sursauta et songea avec affolement que la créature avait eu largement le temps de le découvrir dans son bureau.

Il s'attendait à trouver son bureau sens dessus dessous mais à première vue, tout était en ordre. Il se hâta de mettre à l'abri les notes qu'il avait subtilisées puis il gagna la pièce de consultations où il avait laissé Carr endormi.

Le divan était vide.

Comme il allait retourner sur ses pas, Denovich aperçut le turban à demi dissimulé à l'autre bout du divan. L'étoffe était froissée et maculée de taches bleuâtres. A travers les replis soyeux, on apercevait quelque chose de métallique.

Il remarqua que le liquide bleu foncé tachait aussi le bleu du tapis.

Il était là, immobile, indécis, lorsqu'il entendit des voix qui s'élevaient de la pièce à côté. Il reconnut le baryton britannique de Wentworth et le timbre plus doux de Carr. Denovich se tourna vers la porte. Quelques secondes après, l'Anglais et l'Américain apparurent.

Ils étaient accompagnés d'autres hommes qui ne franchirent pas le seuil. Le psychiatre ne connaissait que l'un d'entre eux, un Russe appartenant au service de Sécurité. Leurs regards se croisèrent et s'attardèrent un instant, chargés de sens, avant de diverger.

– Tiens, vous êtes là, docteur, fit Wentworth.

Denovich ne répondit pas. Ses yeux étaient fixés sur le visage replet de Carr et il songeait :

– *En cet instant il est dans un état supérieur.*

Et effectivement, si auparavant Carr avait été capable de lire les pensées des gens sur leur visage, il voyait maintenant, entre autres, comme si elles avaient été projetées sur grand écran, les actions que lui, Denovich, avait accomplies au cours des dernières heures.

Un poids alourdit les épaules du Soviétique, mais il rassembla ses forces et un torrent de dénégations était déjà au bord de ses lèvres.

Wentworth continuait :

– Le Dr Carr est intrigué. Quand il est revenu à lui, il était sur ce divan et n'avait aucune idée de la façon dont il y était venu. Mais cela... (Il tendit la main vers le turban de Xilmer.)... se trouvait à ses côtés. En sortant, il a vu votre nom sur la porte et c'est la raison pour laquelle il vous connaît car, naturellement, tous ses souvenirs liés au premier stade de son expérience se sont dissipés. Que s'est-il passé ?

Pendant que Wentworth parlait, Denovich avait cherché désespérément une explication plausible à ses allées et venues. Mais il était trop fin pour répondre à la hâte. Aussi, quand l'Anglais se tut, il se tourna vers Carr :

– Vous sentez-vous bien, docteur ?

Le regard que lui adressa Carr s'attarda peut-être un tout petit peu trop mais il dit simplement :

– Oui.

– Vous n'êtes pas blessé?

– Non. J'aurais des raisons de l'être?

Son regard était surpris, désorienté.

– Et la... heu... l'exaltation?

– La quoi?

Denovich était sidéré. Il ne savait pas trop à quoi il s'était attendu, mais à rien de tel, en tout cas! Pas à ce personnage banal aux réponses banales et ordinaires, pas à cette absence de souvenirs.

– Vous voulez dire que vous n'avez pas conscience de quelque chose d'insolite?

Carr secoua la tête.

– Franchement, docteur, je crois que vous en savez plus long que moi. Comment suis-je arrivé chez vous? Ai-je été malade?

Denovich adressa un regard d'impuissance à Wentworth. Son histoire était prête à présent mais il était trop dérouté pour l'exposer.

– Si vous voulez bien me dire ce que vous savez, mon colonel, je vous dirai ensuite ce que je sais moi-même.

Wentworth fit le récit succinct de ce qu'il avait fait. Après le coup de téléphone, il avait accompagné l'une des équipes qui recherchaient Xilmer. Quelques minutes plus tôt, Carr avait été aperçu en train d'errer dans un couloir. Comme chacun avait reçu l'ordre de rester chez soi, on avait aussitôt averti le colonel qui était arrivé au plus vite.

– Naturellement, comme je savais où il était peu auparavant, je lui ai demandé ce qui s'était passé. Et la seule chose que j'ai apprise, c'est qu'il s'était réveillé et qu'il avait vu le turban et les taches gluantes.

Il se baissa et effleura du doigt le liquide bleuâtre.

Comme il n'y eut apparemment aucune réaction, il porta la main à son nez et le renifla. Il fit la grimace.

– Ça doit être le sang des gens de cette race, dit-il. C'est une odeur très âcre.

– Quelle race? demanda Carr. Messieurs, j'aimerais que...

Il n'alla pas plus loin. Une voix s'échappa du turban et dit :

– Nous avons suivi votre conversation et il semble qu'un accident soit arrivé à notre agent.

Wentworth fit un pas en avant :

– M'entendez-vous? dit-il.

La voix poursuivit :

– Pouvez-vous nous indiquer dans quel état se trouve exactement notre agent?

Wentworth répliqua d'un ton ferme :

– Nous ne demandons pas mieux, mais nous désirons que vous nous donniez un certain nombre d'informations en échange.

– Nous nous trouvons actuellement à cinq cent mille kilomètres de vous seulement. Vous nous verrez dans un peu moins d'une heure et si vos explications ne sont pas satisfaisantes, nous oblitérerons purement et simplement votre station. Et maintenant, vite!

Nul ne douta de la réalité de cette terrifiante menace.

– Mon Dieu! murmura l'un des hommes qui attendaient sur le seuil.

Wentworth, après un silence tendu, interminable, fit sur un ton égal la description des restes de Xilmer.

– Attendez..., fit la voix quand il eut terminé.

Trois minutes s'écoulèrent au moins, puis :

– Il faut que nous sachions exactement ce qui s'est passé. Veuillez interroger le Dr Carr.

– Moi?

L'exclamation de Carr était presque un croassement. Wentworth mit un doigt sur ses lèvres et fit un signe aux hommes massés sur le pas de la porte, puis à l'adresse de Denovich et de Carr :

– Interrogez-le, intima-t-il au Dr Denovich.

Puis il quitta la pièce sur la pointe des pieds et gagna le bureau du psychiatre où il décrocha le téléphone. Denovich entendit l'Anglais donner l'alerte d'une voix étouffée mais pressante. Il s'efforça de ne pas l'écouter et se tourna vers Carr :

– Quel est votre dernier souvenir, docteur?

L'Américain déglutit péniblement comme s'il avalait quelque chose d'amer.

– Depuis combien de temps suis-je sur la station lunaire? demanda-t-il en guise de réponse.

Un éclair de compréhension traversa l'esprit du psychiatre. « Bien sûr, songea-t-il. Il ne se souvient de rien à partir du moment où il a acquis son pouvoir extrasensoriel. »

La question que Carr avait posée quelques instants plus tôt à propos de son état de santé lui revint à l'esprit. « Bien sûr, se dit-il encore, il doit penser qu'il a perdu la raison! »

Il essaya d'estimer les implications de son analyse, d'imaginer ce qu'il éprouverait à la place de Carr.

Le problème de Carr lui apparut aussitôt. Un psychologue américain forcé d'avouer à un confrère soviétique qu'il se croit fou!

– Docteur, dit-il doucement, en quel sens vous croyez-vous fou? (Devant l'hésitation de Carr, il insista :) C'est une question de vie ou de mort. Vous ne devez rien me cacher.

Carr soupira.

– J'ai des symptômes de paranoïa, dit-il d'une voix qui se brisait.

– Des détails! vite!

Carr eut un pâle sourire :

– A un point extrême, vraiment. Quand je me suis réveillé, j'ai perçu des signaux.

– Des signaux?

– Tout porte une signification.

– Oh! Par exemple?

– Eh bien, je vous regarde, et je vois une masse de signaux signifiants. Même votre maintien est un message.

Denovich était désorienté. La description de Carr correspondait simplement à une variante du type classique de paranoïa.

Est-ce que la seconde phase du cycle qui, il fallait bien le reconnaître, avait été si convaincant au cours de sa phase initiale, pouvait se réduire à cela?

Il se ressaisit.

– Expliquez-vous mieux.

– Eh bien... (Carr s'interrompit, une expression d'impuissance se peignit sur son visage.) Eh bien, vos pulsations...

Il expliqua d'une voix hachée que le corps de Denovich était comme un vaste enchevêtrement de circuits énergétiques émettant des signaux. Il voyait les signaux superficiels sur les parties découvertes de son corps et, à travers la peau, la structure atomique : de minuscules sphères dorées, des milliards par millimètre cube, animées de pulsations, qui envoyaient des signaux et étaient reliées...

... reliées par des quadrillions de lignes de force aux étoiles les plus éloignées, à l'univers proche, aux autres habitants de la station lunaire, en fils ténus et brillants. Mais l'immense majorité de ces lignes de force traversaient les murs et s'étiraient jusqu'à la Terre... rattachant par un dense réseau de connexions la personne de Denovich à tous les gens et tous les lieux qu'il avait connus.

Les signaux qui empruntaient certaines de ces lignes de force étaient parfois très forts. Carr suivit l'un des complexes de liaison les plus puissants qui le conduisit jusqu'à un moment précis de la vie antérieure de Denovich, jusqu'à une femme en larmes.

Les pensées qui glissaient le long de ce réseau étaient les suivantes : « Je t'ai fait confiance et tu m'as trahie. »

« Voyons, Natacha... », disait le jeune Denovich.

– Voyez-vous..., fit Carr d'un ton désespéré. (Mais il s'interrompit :) Qu'y a-t-il?

Le Russe se demandait si son visage était aussi blême qu'il le croyait.

– Quoi? quoi? dit-il en suffoquant. (Il était frappé de stupeur. Natacha était une jeune fille à qui il avait fait un enfant quand il était adolescent. Elle était morte en accouchant. Avec effort, il se ressaisit.) Est-ce que vous pouvez vous servir de cela?

– Euh... je crois que oui.

En disant ces mots d'un ton hésitant, Carr fit quelque chose qui sectionna le faisceau de lignes reliant Denovich à la jeune fille.

Denovich poussa un cri; il n'avait pas pu le réprimer. C'était un hurlement de bête, guttural, qui fit jaillir Wentworth du bureau voisin.

Il vit Denovich, qui essayait en titubant de gagner le divan. Mais ses genoux ployèrent sous lui. Il s'effondra et se tordit en gémissant. Mais il poussa soudain un cri dément.

L'agent russe qui s'était précipité derrière Wentworth s'arrêta net, les yeux écarquillés. Le colonel décrocha le téléphone pour appeler les urgences médicales.

Les deux infirmiers qui arrivèrent administrèrent un sédatif à Denovich qui n'avait pas cessé de hurler. Le cri se transforma bientôt en sanglots puis ce fut le silence. On plaça l'homme inanimé sur une civière pour le conduire jusqu'à une petite unité mobile qui s'éloigna aussitôt.

L'appareil qui était logé dans le turban laissa échapper :

– Nous exigeons impérativement que le Dr Carr explique ce qu'il a fait au Dr Denovich.

Carr jeta un regard désespéré à Wentworth :

– Je me suis contenté de sectionner les lignes. J'imagine que toutes les barrières qu'il avait dressées entre lui et cette fille se sont aussitôt écroulées. La réaction à laquelle nous avons assisté est à mon avis l'apparition soudaine d'un sentiment de totale culpabilité.

– Attendez! fit la voix qui sortait du turban.

Wentworth, qui n'oubliait pas que des armes

énergétiques étaient camouflées dans la coiffure de Xilmer, fit signe aux autres de quitter la pièce. Il recula lui-même au delà de la porte.

Une minute s'écoula, puis deux. Et la voix se fit entendre à nouveau :

– Il est indéniable que le Dr Carr recèle une puissante force mentale. Nous sommes arrivés à la conclusion suivante : eu égard à la mort de Xilmer, l'esprit inconscient du Dr Carr aura, pour se défendre, tranché les lignes d'énergie correspondant aux intentions homicides de Xilmer. Il s'est alors produit un renversement qui conduisit celui-ci à se servir de son *mirt* – une arme dissimulée dans son turban – pour se suicider. L'état dans lequel se trouve son cadavre indique qu'une dissolution presque totale est intervenue.

Wentworth se tourna vers Carr :

– Vous avez des choses à dire à ce propos? chuchota-t-il.

Carr secoua la tête.

– Vous n'en avez aucun souvenir?

Même dénégation.

La voix poursuivit, d'un ton empreint d'ironie :

– Naturellement, nous attendrons que le talent remarquable de cet homme ait atteint le terme de son cycle. Ce qui devrait se produire dans quelques heures. Vous entendrez alors parler de nous.

Le silence retomba.

6

Deux heures; peut-être moins.

D'autres hommes arrivèrent. Il y eut des discussions anxieuses. Le psychologue américain se tenait à l'écart. Comme les voix se faisaient plus pressantes, Carr se glissa dans la pièce où se trouvait le turban de Xilmer et s'immobilisa, les yeux clos, attentif à tout un univers de signaux innombrables.

Des milliards de pulsations entouraient encore l'appareil dissimulé dans la coiffure. Des quadrillions de lignes de forces le reliaient à un point situé quelque part dans l'espace.

Carr suivit les lignes aisément. Maintenant qu'il n'était plus troublé par le phénomène mental en tant que tel il se rendait compte qu'il possédait une faculté lui permettant de comprendre immédiatement la signification de millions de lignes.

Il vit avec une clarté parfaite que les signaux et les pulsations n'étaient rien de plus qu'une activité superficielle de la structure fondamentale de l'Univers.

En dessous, c'était... la vérité.

Entre les signaux et ce qu'ils représentaient, intervenait un phénomène complexe d'inter-relations, d'échanges entre la signification superficielle et le fait colossal sous-jacent.

Il se rendit compte que Wentworth s'approchait de lui.

– Docteur Carr, murmura l'officier de Sécurité, nous avons pris la décision de lancer des missiles nucléaires à partir de la station spatiale de l'O.N.U en orbite au-dessus de l'Atlantique. L'opération aura lieu dans cinq heures environ mais, en dernier ressort, c'est en vous et en vos possibilités que résident nos véritables espoirs. Que pouvez-vous faire ?

– Je peux faire une expérience avec les signaux, répondit Carr.

Wentworth éprouva un vif désappointement. Pour lui, les signaux relevaient du domaine de l'information et non de l'armement stratégique. Il prit conscience avec amertume que tout cela était d'une logique indéniable. L'Américain avait commencé par lire les pensées des gens sur leurs visages et, maintenant, son pouvoir transformé lui permettait de comprendre et de manipuler l'information.

C'était un don extraordinaire mais qui ne leur serait d'aucune utilité face à ce danger incroyable.

– Quel genre d'expérience ? demanda Wentworth.

– Celle-ci ! dit Carr.

Et il disparut.

Wentworth se raidit. Puis, remarquant le turban de Xilmer, il se dit qu'il ne fallait à aucun prix que l'ennemi se doute de ce qui s'était passé. Et il quitta la pièce sur la pointe des pieds. Il s'élança vers l'intercom le plus proche et donna l'ordre à ses hommes de partir à la recherche de Carr.

Quand Carr se retrouva à bord du *giyn*, il connut un moment de... non pas de confusion car il était pleinement conscient du problème, mais de violence. Une violence extraordinaire.

Il avait... choisi... pour son arrivée une pièce

inoccupée. Il se trouvait apparemment dans un laboratoire, avec des instruments, des paillasses, des machines : silencieux, abandonnés, anodins.

Le problème qui se présentait à lui tenait au fait que le *giyn* était programmé pour résister à la présence de formes de vie non enregistrées. Le système de défense, au repos, ne présentait pas de lignes visibles tant qu'il n'avait pas déclenché le mécanisme.

La violence était le résultat de sa mise en marche.

Dès qu'il était apparu dans la pièce, les armes que recélaient les murs, le plafond, le plancher, s'étaient braquées sur lui. Des lignes de force surgissaient de toutes parts, tissant une véritable toile d'araignée pour l'emprisonner.

Et ce n'était là que le premier obstacle. Trois autres allaient lui succéder, de plus en plus destructeurs. Au piège énergétique succéda une décharge élémentaire de *mirt*, destinée à l'assommer, suivie d'une décharge primaire constituée d'énergies meurtrières. Finalement, il y eut une réaction nucléaire aussi violente que le permettait un espace clos.

Pour Carr, ce n'étaient là que des signaux qu'il observait, qu'il reliait mentalement, qu'il éliminait à la source. Chaque assaut était un cycle programmé qui se déroulait en entier. Quand tous les cycles se furent déroulés, ce fut le silence.

Un moment s'écoula.

Soudain, quelque part à bord du vaisseau, un cerveau le détecta et une voix stupéfaite résonna dans l'esprit de Carr :

– Qui êtes-vous ?

Carr ne répondit pas.

Les signaux innombrables qu'il avait reçus des autres niveaux lui avaient appris qu'il se trouvait à bord d'un vaisseau de 30 km de long, 8 km de large et 6 km de haut abritant quatre-vingt mille Gisdiens. Et chacun d'eux était à présent en état d'alerte face au danger qui avait été annoncé au navire tout entier.

Pendant quelques instants, la même pensée les habita, la même réaction conditionnée les anima, leur attention convergea en même temps sur l'intrus. Comme autant de parcelles de limaille de fer brusquement aimantées, les pulsations s'alignaient selon une configuration déterminée. Et c'est l'existence même de cette structure qui permettait de les manipuler. D'un seul coup d'œil, Carr isola l'infime fraction de lignes significatives... et les trancha.

Puis, avec la même précision, il sélectionna un faisceau de lignes enchevêtrées, toutes reliées à la Vérité Fondamentale; il les attira à lui, s'y enlaça et se transporta, à l'intérieur d'un vide énergétique, jusqu'à la pièce de la station lunaire où Denovich dormait sous l'effet des sédatifs. Il avait le sentiment qu'il ne lui restait que peu de temps pour utiliser sa faculté.

Il restaura en hâte les lignes qu'il avait sectionnées un peu plus tôt et vit se reconstituer la cuirasse interne du psychiatre. Cela fait, le Dr Carr sortit du secteur de l'hôpital et gagna la cabine téléphonique la plus proche. Il appela Wentworth.

– Que s'est-il passé? demanda l'officier de Sécurité.

– Ils sont partis, dit simplement Carr.

– Mais... (La stupéfaction donnait un timbre strident à la voix de Wentworth. Il se ressaisit toutefois et dit d'un ton plus posé :) Nous avons pensé qu'il y avait probablement un faisceau minimal de lignes à trancher...

– C'est ce que j'ai fait.

– Mais comment est-ce possible? Quel peut bien être le plus petit dénominateur commun à un si grand nombre d'individus?

Carr le lui expliqua.

Wentworth dit d'un ton admiratif :

– Eh bien, je... évidemment! Mes compliments, docteur.

Quelques heures plus tard, alors que la faculté extrasensorielle avait déjà pratiquement disparu, le *giyn* approchait de la limite extrême du système solaire et continuait d'accélérer. Le vaisseau établit une liaison subspatiale avec la grande flotte gisdienne qui croisait dans un autre secteur de l'espace.

– Avez-vous quelque chose pour nous? demanda l'amiral.

– Non! répondit le commandant du *giyn*.

– Nous avions cru comprendre que vous étiez en vue d'un système habité qui paraissait une prise facile.

– Je ne sais pas ce qui a pu vous donner une telle impression, il n'y a absolument rien par ici.

– Bien. Terminé.

Le commandant du *giyn* coupa la communication. Il eut alors le sentiment fugitif, irréel, qu'il aurait dû savoir quelque chose concernant le système solaire qu'ils avaient traversé.

Si ces choses avaient été à sa portée, il aurait vu que les lignes qui le reliaient à la Terre et à la Lune étaient coupées et enroulées quelque part dans un minuscule repli de son cerveau.

Cette impression de savoir quelque chose et de comprendre... s'estompa. Et s'évanouit.

A jamais.

TABLE DES MATIÈRES

S-F nouveaux talents

Jacques Sadoul, découvreur infatigable, présente ici une nouvelle génération d'auteurs, pour la plupart inédits
Demandez à votre libraire le catalogue semestriel gratuit.

BAKER Scott
L'idiot-roi (1221★★★)
Diminué sur la Terre, il veut s'épanouir sur une nouvelle planète.

BARBET Pierre
L'empire du Baphomet (768★)
Le démon Baphomet des Templiers n'aurait-il été qu'une créature venue des étoiles?

BOVA Ben
Colonie (2 t. 1028★★★ et 1029★★★)
David Adams, l'homme artificiel, quitte la splendeur d'Ile n° 1, la colonie spatiale, pour porter secours à la Terre ravagée.

CHERRYH Carolyn J.
Chasseurs de mondes (1280★★★★)
C'était une race de prédateurs incapables de la moindre émotion.

DELANY Samuel
Babel 17 (1127★★★)
Le langage peut-il être l'arme absolue?

DOUAY Dominique
L'échiquier de la création (708★★)
Un jeu d'échecs cosmique où les pions sont humains.

ELLISON Harlan
Dangereuses visions (2 t. 626★★★ et 627★★★)
L'anthologie qui a révolutionné en 1967 le monde de la science-fiction américaine.

FORD John M.
Les fileurs d'anges (1393★★★★)
Un hors-la-loi de génie lutte contre un super réseau d'ordinateurs.

HIGON Albert
Le jour des Voies (761★★)
Les Voies, annoncées par la nouvelle religion, conduisent-elles à un autre monde?

KING Stephen
Danse macabre (1355★★★★)
Les meilleures nouvelles d'un des maîtres du fantastiqe moderne.

KLOTZ et GOURMELIN
Les innommables (967★★★)
... ou la vie quotidienne de l'homme préhis rique. Illustrations de Gourmelin.

LONGYEAR Barry B.
Le cirque de Baraboo (1316★★★)
Pour survivre, le dernier cirque terrien s'e dans les étoiles.

MARTIN George R.R.
Chanson pour Lya ((1380★★★)
Trouver le bonheur dans la fusion totale a un dieu extraterrestre, n'est-ce-pas le p dangereux des pièges?

MONDOLINI Jacques
Je suis une herbe (1341★★★)
La flore, animée d'une intelligence col tive, peut-elle détruire la civilisa humaine? Inédit.

MORRIS Janet E.
La Grande Fornicatrice de Silistra (1245★★★)
Estri vit tous les bonheurs.
L'ère des Fornicatrices (1328★★★★)
Devenue esclave, Estri recherche le dieu l'a engendrée.

PELOT Pierre
Parabellum tango (1048★★★)
Un régime totalitaire peut-il être ébranlé une chansonnette subversive?
Kid Jésus (1140★★★)
Il est toujours dangereux de prendre la d'une croisade.

PRIEST Christopher
Le monde inverti (725★★★)
Arrivé à l'âge de 1000 km, Helward e dans la guilde des Topographes du Fut

TEVIS Walter
L'oiseau d'Amérique (1246★★★★)
Un homme, une femme, un robot.

Achevé d'imprimer sur les presses de l'imprimerie Brodard et Taupin
7, Bd Romain-Rolland, Montrouge. Usine de La Flèche,
le 18 mars 1983
6392-5 Dépôt Légal mars 1983. ISBN : 2 - 277 - 21447 - 7
Imprimé en France

1447
★★★

Editions J'ai Lu
31, rue de Tournon, 75006 Paris
diffusion France et étranger : Flammarion